GARRY

EL MALVADO Y GUERRERO GATO ALIENÍGENA

Traducción: Julián Alejo Sosa
Título original: *Klawde. Evil Alien Warlord Cat*
Dirección editorial: Marcela Luza
Edición: Soledad Alliaud
Coordinación de diseño: Marianela Acuña
Armado: Florencia Amenedo

Texto © 2019 John Bemelmans Marciano y Emily Chenoweth
Ilustraciones © 2019 Robb Mommaerts
© 2019 Vergara y Riba Editoras, S. A. de C. V.
www.vreditoras.com

Esta edición fue publicada en virtud de un acuerdo con Penguin Workshop,
un sello de Penguin Young Readers Group (una división de Penguin
Random House LLC.)

Argentina: San Martín 969 Piso 10 (C1004AAS), Buenos Aires
Tel./Fax: (54-11) 5352-9444 y rotativas
e-mail: editorial@vreditoras.com

México: Dakota 274, Colonia Nápoles
C. P. 03810, Del. Benito Juárez, Ciudad de México
Tel./Fax: (5255) 5220–6620/6621 • 01800–543–4995
e-mail: editoras@vergarariba.com.mx

Primera edición: enero 2019

ISBN 978-607-8614-36-3

Impreso en México en Litográfica Ingramex, S. A. de C. V.
Centeno No. 195, Col. Valle del Sur, C. P. 09819
Delegación Iztapalapa, Ciudad de México.

JOHNNY MARCIANO Y EMILY CHENOWETH

GARRY

EL MALVADO Y GUERRERO GATO ALIENÍGENA

DISEÑO E ILUSTRACIONES: ROBB MOMMAERTS

V&R
Editoras

Para Raja y Rajeeu,
que hicieron que la secundaria
fuera menos tediosa.

JM

Para Eliza y Josephine,
que realmente aman los gatos.

EC

Para Allie, Nick y Maureen,
que hacen mi vida muy feliz.

RM

PRÓLOGO

FECHA: DÍA 789 DEL AÑO 58-493-D

PLANETA: ARENALUS

LUGAR: LA SUPREMÍSIMA CORTE
DE TODA LA ORDEN GALÁCTICA

Mis enemigos me vinieron a buscar a la hora de la siesta.

Antes de poder desplegar mis garras, ya estaban sobre mí. Me ataron, me encadenaron las patas, y luego me sacaron a rastras de mi celda para llevarme frente a la Supremísima Corte de toda la Orden Galáctica.

Fue una forma muy desagradable de empezar el día.

Como no podía pelear contra ellos, comencé a aullar tan ferozmente que todos los presentes en la sala (¡todos traidores!) bufaban y se movían de un lado a otro.

Un solo gato no me había traicionado: mi leal secuaz Felusa-Fyr.

—¡Siempre será *mi* Gran Emperador! —maulló—. Y yo siempre seré su… ¡aww!

Alguien lo había golpeado en la cabeza. Era el mayor traidor de todos, mi segundo gato al mando: ¡el General Colmyllos!

—Ya no eres el poderoso guerrero que solías ser, ¿verdad? —ronroneó.

—¡Me VENGARÉ, Colmyllos! —dije, moviendo la cola con furia.

—Ya lo veremos —agregó y me mostró sus dientes, mientras la Corte de los Trece Nobles Ancianos ingresaba a la sala.

El Anciano Jefe se lamió la pata derecha y maulló para pedir orden en la sala.

—Mis queridos felinos —comenzó—. Hace miles de años, cuando nuestro planeta estaba infestado de criminales, nuestros sabios ancestros decidieron desterrar a estos malhechores. Así fue que en las lejanías del universo descubrieron un inmenso páramo desolado, un planeta habitado por una raza de ogros carnívoros. Durante generaciones, enviamos a nuestros convictos allí. Ninguno regresó. Pero en el año 49-763-B, el castigo fue considerado *demasiado* cruel, y se resolvió que ningún felino, sin importar cuán malvado o tiránico haya sido, volvería a ser enviado a ese horrible lugar. Y así ha permanecido... Hasta que **tú** apareciste.

Hizo un breve y profundo silencio, antes de continuar.

—Tú, antiguo Gran Emperador, has sido tan agresivo para llegar al poder, tan despiadado con tus estrategias de dominación y tan dedicado a provocar crímenes contra la felinidad, que nos vemos forzados a implementar este castigo ancestral nuevamente.

La multitud resopló, sorprendida.

—¿Tienes algo para decir, Bygotz? —preguntó el Anciano Jefe.

Un gato de menor casta habría rogado clemencia, pero yo lo único que hice fue manifestarles mi desprecio:

—¡Cada uno de ustedes, felinos inútiles, lamentarán el día en el que me derrocaron, a mí, el mejor líder que el universo haya conocido, y aceptaron a un patético traidor como el General Colmyllos! Pueden arrojarme al espacio como basura, pero les juro que pronto ¡VOLVERÉ!

El General Colmyllos soltó una risita entre dientes.

—Serás el *desayuno* de un ogro –dijo y, con un movimiento de su pata, les ordenó a sus guardias que me soltaran y llevaran al teletransportador.

Una luz verde y brillante se encendió cuando se abrió un agujero de gusano. En un instante, fui teletransportado a 2.900,4 millones de años luz de distancia por el espacio al planeta más horrible, distante y desolado de todo el universo:

La Tierra.

CAPÍTULO 1

Sábado.

Era una noche lluviosa de sábado y me encontraba recostado en el suelo de mi nueva sala, mirando el techo y deseando estar en cualquier otro lugar menos aquí. Papá estaba mirando un partido de béisbol, mamá trabajaba en su computadora y yo experimentaba un nivel fatal de aburrimiento.

Aún no podía creer lo que acababa de ocurrir. Hasta la semana pasada, había estado disfrutando una vida grandiosa en Brooklyn, Nueva York. Pero luego, mis padres decidieron mudarse a 2.900,4 kilómetros de distancia. Hasta aquí: Elba, Oregón.

Si me hubieran preguntado —algo que nadie hizo—, hubiera dicho que me parecía una idea terrible.

En Nueva York, podía visitar a mis tres amigos sin siquiera salir del edificio. Y cuando salía, podía ir

caminando a la biblioteca, a la tienda de comics, a la de dulces y a las dos pizzerías sin tener que cruzar la calle.

En cambio, acá en Elba, al salir de la casa solamente podía toparme con doce árboles, un hormiguero, un nido de hornero y algunos rosales. La naturaleza estaba *en todos lados*.

Era aterrador.

Según mamá, nos habíamos mudado porque aquí tenía un mejor trabajo, y yo, una habitación más grande y un patio.

Pero todo eso no me importaba. ¿Dónde estaban las tiendas de comics y las pizzerías? No había ni un solo negocio en mi calle; ¡ni siquiera una lavandería con una máquina expendedora!

Aquí no tenía amigos ni nada para hacer. Lo cual explica por qué todavía no había desempacado.

Pero tampoco lo habían hecho mis padres. ¿Cuáles eran *sus* excusas? No tenía idea.

Acababa de levantar el último volumen de *Hombre América* para leer por enésima vez, cuando *ocurrió:* un destello verde brillante iluminó el cielo a través de la ventana. Solo duró un segundo y todo volvió a estar oscuro y lluvioso, como antes.

—¿Vieron eso? —pregunté.

—¡Sí! —gritó mi papá—. ¡Torres robó la tercera base! ¡La tercera base!

—¡No, esa extraña luz verde!

—¿Qué, hijo? —mi mamá levantó la vista de su computadora.

—¡Esa luz *verde* afuera! —repetí.

—Ay, Raj, solo fue un rayo —dijo ella.

Está bien, entonces otra cosa extraña de Oregón: rayos verdes.

Continué leyendo el comic, hasta que de pronto, sonó el timbre.

¡DING DONG!

¿El timbre? ¿Quién podría ser?

CAPÍTULO 2

Aquí estaba.

Solo.

En *La Tierra*.

Era incluso más horrorosa de lo que los textos ancestrales manifestaban.

Era de noche. Luces brillantes iluminaban todo el lugar desde la copa de unos inmensos árboles sin ramas. Al revisar el área en busca de algunos ogros carnívoros y otros peligros, algo húmedo impactó contra mi nariz.

¡Era un líquido que caía desde el cielo!

¿Sería una especie de arma química? ¿Me estaban atacando?

Me acobijé debajo de un arbusto denso, pero no funcionó demasiado. El líquido se deslizaba sobre mi lustroso pelaje, helándome hasta los huesos. No sabía qué podía ser, pero lo ODIABA. ¡Debía encontrar rápido un refugio!

Por suerte, la mayoría de los árboles en este planeta tenían ramas. Trepé al más cercano y desde allí pude comprobar la existencia de los Humanos.

Por todos lados, se elevaban sus inmensas fortalezas, tan cercanas entre sí que casi parecían tocarse. Enormes paredes de madera rodeaban sus pequeños territorios. Frente a las fortalezas descansaban unos vehículos gigantes que parecían tanques.

Este también debe ser un planeta guerrero.

Necesitaba ingresar en alguna de esas estructuras fortificadas. No sabía qué me harían los ogros allí dentro, pero este líquido era *insoportable*.

Corrí a toda prisa hacia la fortaleza más cercana. A un lado del portal había un botón destellante. ¡Un botón para abrir la entrada! Quizás esto me permitiría escabullirme sin ser visto. Di un salto y lo presioné.

¡DING DONG!

¡Ggsss! ¿Por qué sonó tan horrible?

CAPÍTULO 3

Todavía sábado.

–¿Alguien más oyó eso? –pregunté.

–¿Qué cosa? –preguntó mamá. Cuando trabajaba, el mundo podía acabarse y ella no lo notaría.

–¡El timbre!

–Debió ser la tele… –respondió, sin levantar la mirada de su computadora–. Aún no tenemos amigos aquí.

Eso seguro.

¡DING DONG!

¡Ahí estaba otra vez! Me levanté y miré por la ventana de la puerta principal, pero no había nadie.

De pronto sentí un ruido espantoso, como… una zarigüeya electrocutada.

¿Sería algo de la naturaleza? ¿Justo frente a nuestra puerta?

En el barrio de Brooklyn, lo más cercano que estuve

de la naturaleza fue cuando vi a dos palomas pelear por un trozo de pizza en la acera.

Vivir aquí era **terrorífico**.

Finalmente, el chillido se detuvo. Con nervios, abrí la puerta y miré hacia la oscuridad.

Había un *gato* sentado sobre el tapete de la entrada.

¡Ese ruido horrible había sido un maullido!

–¿Fuiste tú? –pregunté–. ¿Qué estás haciendo aquí, gatito? –y luego me sentí realmente tonto, porque los gatos no hablan.

Estaba flaco y mojado por la lluvia, y no tenía collar.

Quizás estaba perdido… quizás podía quedármelo…
Siempre quise tener una mascota; en especial, un gato.
¡Y ahora había uno sentado en mi puerta!

Estaba a punto de acariciarlo cuando se escabulló entre mis piernas y entró a la casa.

—¡AHHH! —gritó mamá como si hubiera visto una rata.

Corrí hacia la sala y la encontré con las manos en el pecho mirando al gato, que se había quedado agazapado a su lado.

—¿De dónde salió esta *cosa*? ¿Y por qué está en nuestra casa?

—Estaba en la entrada —le comenté—. ¡Sonó el timbre y ahí estaba!

—¡Quizás es un regalo de bienvenida al vecindario! —dijo, papá sonriendo.

Mamá no sonrió.

—Un plato de galletas es un regalo de bienvenida. Un gato es razón para llamar a control de animales.

—¿Podemos quedárnoslo? —pregunté.

Mamá me miró como si estuviera demente.

—Ven, gatito, gatito, gatito —lo llamó papá, estirando una mano para acariciarlo. Pero el animal se la esquivó con su pata.

—Probablemente sea silvestre —añadió mamá.

—¡No, claro que no! —aseguré, aunque no tenía idea de qué significaba que fuera silvestre—. Solo está asustado. ¿Puedo quedármelo? *¿Por favor?*

Mis padres se miraron y luego a mí. En un instante, nos volteamos hacia el gato, que nos devolvió la mirada.

Maulló.

O por lo menos, *creo* que eso fue lo que hizo.

CAPÍTULO 4

Aunque estaba seguro de que ese ruido infernal del botón llamaría a los Humanos, brinqué nuevamente y lo presioné por segunda vez.

¡DING DONG!

El portal todavía permanecía cerrado. Intenté tener una mejor vista del brillante botón. Quizás funcionaba con algún tipo de tecnología de reconocimiento de pata. ¿Acaso los Humanos eran menos primitivos de lo que creíamos?

Quizás hasta podía pedirles ayuda.

Era una idea peligrosa. De acuerdo a los textos antiguos, los Humanos eran feos, crueles y estúpidos. Pero ahora eran mi única esperanza.

–¡Humanos, escúcheme! –grité–. ¡Soy un pobre y hambriento viajero de un planeta distante!

Nada.

Estaba a punto de buscar refugio en una fortaleza

diferente, cuando el portal se abrió lentamente. Y se asomó la criatura más horrenda que he visto, incluso más horrenda que las que vi en mis peores pesadillas.

El monstruo medía como veinte gatos de alto y se paraba en dos patas.

Pero lo más impactante, lo más espantoso, fue que esta bestia

¡¡NO

TENÍA

PELAJE!!

Me quedé helado. ¿Qué era peor: este monstruo o el líquido que caía del cielo?

Decidí escabullirme entre las piernas del Humano.

El interior del lugar estaba seco, pero había otros dos Humanos más. ¡Mucho más grandes y espantosos que el anterior!

Me coloqué en posición de defensa. El ogro más grande se acercó hacia mí y lo golpeé en su pata monstruosa y sin pelos. ¡Pero no tenía manera de superarlos! ¡Eran demasiado grandes!

Comprendí que mi única defensa sería engañarlos:

–Por favor, no me hagan daño –les dije, del modo más dulce posible–. Solo soy un inocente y desamparado astronauta.

Pero no creo que ellos hayan entendido mi sofisticado lenguaje.

La forma de hablar de los Humanos era tan fea como sus rostros alargados y sin bigotes. Lo que salía de sus bocas era una mezcla incomprensible de murmullos y gruñidos. Aunque podía darme cuenta de que estaban hablando de mí. El Humano más pequeño se ofreció a brindarme protección, pero los más grandes no parecían estar de acuerdo.

Estos descomunales seres sin pelaje poco podían comprender que estaban ante el **FELINO GUERRERO MÁS GRANDE** que el universo jamás había conocido.

CAPÍTULO 5

Aún sigue siendo sábado.

–¿Eso es un maullido? –indagó mamá–. Suena como una comadreja que se está quemando.

–¡Creo que este pequeño amiguito tiene algo de siamés! –comentó papá.

–No me importa de qué raza es. Quiero quedármelo –les dije.

Y les prometí que pagaría su comida con mis ahorros, que limpiaría su arenero, que ordenaría mi habitación. Y que incluso haría la cama todos los días.

Papá se encogió de hombros y siguió mirando el partido, consciente de que no era él quien debía tomar la decisión.

En cambio, mamá miraba al animal con desconfianza, mientras este se trepaba a la ventana.

Desde allí nos miró como una gárgola peluda.

–¿Estamos seguros de que es un gato? –preguntó–. Tiene un aspecto raro.

–No lo insultes –repuse.

–Raj, su cabeza es del tamaño de una nuez –agregó mamá–. No sabe si lo estoy criticando o admirando por su belleza.

–¿Puedo quedármelo? ¿Sí? –insistí y ella suspiró.

–Está bien –dijo finalmente.

¡Increíble! Era un milagro; ¡tenía lo que quería! Esto *nunca* antes había pasado.

–Gracias, gracias, gracias –le dije–. Te prometo que tomaste la decisión correcta.

Asintió y enseguida levantó un folleto:

–Pero… con una condición –agregó.

Debería haber sabido que habría una condición.

–Te puedes quedar con el gato, siempre y cuando te reencuentres con la naturaleza y vayas al campamento. Comienza el lunes.

Naturaleza y *campamento*.

Dos palabras que llenaron de terror mi corazón.

Te volverás loco
por la naturaleza en el

¡CAMPAMENTO ECLIPSE!

¡Descubre las **TÉCNICAS DE SUPERVIVENCIA**
en la ladera de un **VOLCÁN EXTINTO**!

Junto a tu **MANADA FORESTAL**, aprenderás a:

- ☑ ¡Construir un **REFUGIO** con ramas y hojas!
- ☑ ¡Seguir el rastro de **ANIMALES SALVAJES**!
- ☑ ¡Comprender el **IDIOMA** de las aves!
- ☑ **¡BUSCAR COMIDA** en la naturaleza!
- ☑ **¡TREPAR** árboles!
- ☑ ¡Poner a prueba los límites de tu **RESISTENCIA MENTAL** y **FÍSICA**!
- ☑ ¡Y, LO MEJOR DE TODO, disfrutar una experiencia inigualable en la ¡¡¡**NOCHE DE SUPERVIVENCIA**!!!

–¿Todo esto será al *aire libre*? –pregunté.

–Claro que sí –contestó mamá.

De verdad no quería ir. Pero sí quería al gato.

Tragué saliva y asentí.

–Está bien. Lo haré.

El gato parpadeó y meció su cola. Era tan adorable e

inocente… Haría cualquier cosa con tal de quedármelo.

CAPÍTULO 6

El ogro pequeño parecía estar pidiéndole clemencia al ogro de pelaje largo. Entendí que este último era el jefe de la fortaleza, mientras que el más pequeño era una especie de subordinado. El ogro grande y calvo también tenía una posición bastante baja.

Observé a los Humanos mientras se comunicaban con sus lenguas barbáricas. Ellos también tenían algo de pelaje, pero distribuido en partes muy extrañas de su cuerpo, como la parte superior de sus cabezas y encima de sus ojos. ¡Rarísimo!

Como era de esperarse, estaban tan asqueados por su propia apariencia que tenían que envolverse en otro tipo de pelaje sustituto, unido al cuerpo con botones y cremalleras primitivas.

Casi sentía lástima por ellos.

De pronto, el pequeño ogro me levantó con sus manos y corrió a toda prisa por un pasadizo hacia su guarida.

—¡Bájame! –le ordené.

Pero no obedeció. Me sostuvo tan fuerte que no podía escaparme. Miré horrorizado mientras su enorme boca se acercaba a mi cabeza.

¡Iba a COMERME!

Intenté alejarme del monstruo con todas mis fuerzas, pero no pude.

El Humano colocó sus labios sobre mi pelaje y soltó un chasquido con su boca. Luego… me dejó ir.

¿Qué *significaba* todo esto? Antes de poder reflexionar al respecto, ocurrió algo más extraño todavía: el ogro se recostó sobre una plataforma suave, recubierta con un largo trozo de tela y *murió*.

Con mis patas toqué su pecho cuidadosamente, temiendo que fuera algún tipo de truco. Pero no había forma de regresarlo a la vida. En la habitación de al lado, encontré a los otros dos Humanos que habían perecido de manera similar.

¿Acaso fueron envenenados por sus enemigos?

¡No podía creer lo suertudo que era! Ahora tenía una

fortaleza enorme y bien equipada solo para mí. Una vez que localizara las armas y el teletransportador, podría regresar a Arenalus y reclamar lo que me correspondía.

Rrrr.

Sin embargo, primero tenía que hacer algo por el patético estado de mi pelaje. El horrible líquido que caía del cielo lo dejó húmedo y grumoso.

Pero ¿qué podía hacer? Sin una máquina acicaladora folicular, tendría que… que… ¡*lamerme* a mí mismo! ¡Como si fuera un gato barbárico!

Me tomó toda la noche. Para cuando había terminado, el débil y pálido sol de la Tierra se estaba asomando por el cielo. Y entonces, sucedió lo más extraño y perturbador que había visto.

Los Humanos comenzaron a LEVANTARSE.

Caminaban pesadamente con los ojos entreabiertos.

¡**ZOMBIES**! ¡¡Eran **ZOMBIES DE OGROS GIGANTES**!!

Me dirigí al portal principal, ¡pero no pude abrirlo! ¡Estaba atrapado!

Mientras buscaba desesperado una ruta de escape, los Humanos, uno por uno, ingresaban a una pequeña habitación. Allí se sacaban sus cobertores primitivos e ingresaban a una jaula de vidrio muy alta. Giraban una perilla y ese horrible líquido transparente comenzaba a caer sobre sus espantosos cuerpos.

Momentos después, salían con un nuevo cobertor, *sonriendo*.

¿Qué clase de mundo era este?

CAPÍTULO 7

Domingo por la mañana.

Me levanté más feliz que las últimas semanas. ¡Tenía mi propio gato! Siempre había querido tener uno, desde mis seis años, y finalmente ocurrió.

Luego del desayuno, mamá dijo que necesitábamos comenzar a desempacar, pero papá insistía con que fuéramos a buscar algunas cosas para la nueva mascota.

–¡Pero casi todo lo nuestro todavía sigue en las cajas! –protestó mamá.

–Yo ya desempaqué mi bola de béisbol firmada por Derek Jeter –replicó él, señalando hacia arriba de la chimenea–. ¡Es todo lo que necesito para sentirme en casa!

–Está bien –dijo mamá, resoplando–. Vayan a Patitas. Vacunan gratis los fines de semana. Asegúrense de que reciba la antirrábica.

–¡Así será! –exclamó papá, con alegría.

No fue nada fácil meter a mi nuevo gato en la jaula que papá había pedido prestada. Lo tuvimos que hacer entre los dos, y papá quedó tan arañado que parecía necesitar atención médica urgente.

Traté de pensar en algunos nombres para el gato durante el viaje, pero era muy difícil concentrarse con papá escuchando *glam metal* a todo volumen.

We're not gonna take it!

NO! We ain't gonna take it!

We're not gonna take it ANYMOOOOORE!

En verdad, deseaba que no estuviera cantando.

En Patitas, papá llenó el carro de compras. Y mi gato (¿*Bandido*? ¿*Hermes*? No, ¡*Loki*!) lucía un poco más relajado. Ronroneaba.

¿O gruñía? Era difícil de descifrar.

Lo último que elegimos fue un collar con una placa para grabar su nombre.

–¿Qué te gustaría escribirle? –me preguntó el encargado de la tienda.

Estaba casi decidido por *Loki*… ¿o *Thor*?

Pero mi papá se adelantó y dijo algo que sonó como "Gorri".

–¿*Gordi*? –preguntó el encargado.

–No –contestó papá–. *Garry*. G-A-R-R-Y, como *garra*, ¡pero escrito de una forma divertida! –explicó entusiasmado, levantando las manos en el aire–. ¿Por qué usar una *A* cuando puedes usar una *Y*? ¡La *Y* es la letra divertida del alfabeto!

Papá lucía tan orgulloso de sí mismo que no tuve el valor de protestar. Me recordé que tenía a mi propio gato y eso era todo lo que importaba.

Mientras el encargado grababa la placa, llevamos a Garry a vacunar.

Un veterinario joven abrió la jaula y se inclinó para mirar en el interior. El ronroneo gutural de Garry se detuvo.

–Ay, míralo. Tu gatito es tan... –dijo, e hizo una pausa–. *Interesante*.

Garry estaba en clara posición de ataque, mostrando sus colmillos.

—Quizás no deberíamos darle la vacuna ahora mismo —le advertí.

—¡Oh, no, no te preocupes! —me contestó el veterinario—. Trabajo con animales todo el tiempo, sé cómo tratarlos.

Metió la mano en la jaula y tomó a Garry por el cuello.

—¿Ves? —dijo—. ¡Pan comido! Ahora solo queda tomar esta aguja y…

Con un grito espeluznante, Garry se abalanzó sobre su rostro.

El veterinario comenzó a gritar y a revolear los brazos hacia todos lados; mientras yo le ordenaba "¡DETENTE! ¡DETENTE!" y papá intentaba desesperadamente separarlos.

No fue *pan comido* después de todo.

CAPÍTULO 8

Justo cuando creí que estaba a salvo, los Humanos trajeron una jaula.

Luché con valentía, pero los ogros me superaron: eran dos. Luego de encerrarme allí, el más pequeño me llevó hacia un vehículo blindado y procedimos a salir de la fortaleza.

¿Acaso mis enemigos habían hecho, de algún modo, contacto con estos ogros?

¿Mi destierro no es suficiente para ti, General Colmyllos? ¡¿Ahora pretendes matarme?!

Después de un viaje interminable, sacaron la jaula del vehículo.

Allí el paisaje era horrible y desolado. Jamás había visto algo igual.

La construcción a la que me llevaron era una especie de prisión. Su interior estaba repleto de jaulas… ¡con más gatos!

¡Las historias eran reales! Los criminales felinos de Arenalus habían sobrevivido a su destierro... y sus descendientes ¡terminaron justo aquí!

Traté de contactarme con ellos:

—¡Camaradas! ¡Compañeros! ¿Qué clase de lugar infernal es este?

Pero la única respuesta que obtuve de ellos fue un "¡MIAU!".

¿*MIAU*? ¿Los gatos de la Tierra tenían su propio idioma? ¿Qué podría significar eso? ¿*Cuidado*? ¿*Márchate*?

Antes de poder comprenderlo, los ogros colocaron mi jaula dentro de un pequeño vehículo con barras de metal, que luego llenaron con cajas coloridas y otros objetos. Era difícil ver hacia afuera desde mi posición, pero parecía haber imágenes de gatos en esas cajas de colores.

No lograba entender qué estaba sucediendo.

Lo siguiente que noté fue que levantaron mi jaula y abrieron la puerta. En ese momento, me replegué hacia atrás. ¡No dejaría que me abandonaran en este horrible lugar! Fue entonces que un nuevo Humano me tomó por el cuello. ¡Era rápido como un rayo! De pronto, estaba afuera, ¡expuesto!, sujetado por sus espantosas patas de cinco dedos. Entonces, tomó una pequeña lanza y ¡trató de clavármela en el cuello!

¡Lo ataqué!

Primero, mis garras se aferraron a sus manos. Luego, a su rostro.

¡Oh, dulce sensación!

Le dejé largos surcos rojos sobre sus viles mejillas sin pelaje. Cuando estaba a solo segundos de asesinarlo, mis Humanos me apartaron.

La situación dio lugar a un griterío mucho más incomprensible y a que el Humano herido echara a mis Humanos de su territorio.

CAPÍTULO 9

Domingo por la tarde.

Mi papá no puso ninguna canción de los ochenta en el viaje de regreso a casa. Se lo veía bastante serio.

Yo iba observando a mi gato, que nuevamente estaba en su jaula. Cuando los perros hacían algo malo, lucían culpables. Pero no era así con Garry.

Él ya estaba ronroneando de nuevo.

Papá se aclaró la garganta.

—Raj, lo que ocurrió con el veterinario…

—No me harás devolverlo, ¿verdad? –pregunté–. Porque no tengo ningún amigo aquí, y si no puedo quedarme con Garry, ¡me sentiré solo y miserable!

—Ya harás nuevos amigos en el Campamento Eclipse.

—No me lo recuerdes –le contesté.

—Bueno, lo que estaba por decir es que el veterinario se arriesgó mucho con Garry hoy, y perdió. Tú le advertiste.

—Entonces, ¿me puedo quedar con él? –pregunté.

Papá asintió.

—Pero será mejor que ambos sean cuidadosos. Si ese animal araña a tu madre…

—Será la última cosa que haga –completé la oración.

—Exacto.

Miré hacia la jaula.

—¿Oíste eso, pequeñín? Tienes que portarte bien.

Garry me miró directo a los ojos y parpadeó. Casi parecía entender lo que estaba diciendo.

Luego, escupió una enorme bola de pelo.

CAPÍTULO 10

¡Las humillaciones del destierro! ¡Una bola de pelo! Tenía que encontrar urgente un robot acicalador para mi pelaje.

De regreso en la fortaleza, los Humanos me liberaron de mi encierro y abrieron las cajas que habían robado en el Territorio del Hombre Sangrante. Luego las colocaron frente a mí… como una *ofrenda*.

¿Comprendieron entonces que yo era su superior? ¿Me estaban demostrando su eterna lealtad? Excelente.

Inspeccioné sus regalos.

Había una pequeña torre con una cuerda atada a su alrededor. ¿Una escultura, quizás?

También había varios animales falsos, peludos, a los cuales me incitaban a atacar y matar. ¿Esta era su idea de entrenamiento militar?

A decir verdad, sus ofrendas eran bastante decepcionantes.

Luego, tomaron una caja, la llenaron de arena y le colocaron una tapa. Se la pasaron levantándome y poniéndome en su interior. No tenía idea de qué querían que hiciera allí. ¿Cavar? Pero ¿para qué?

Por último, estaba la comida… si es que uno podía siquiera llamarla así. La única razón por la que entendí que querían que comiera esas bolitas era por el modo en el que el ogro más grande *hacía* que se las llevaba a su boca.

No es que él se las estuviera comiendo. No, los ogros tenían algo completamente distinto para comer.

Aromas extraños –y deliciosos– emanaban de una olla que el Humano con pelaje largo estaba revolviendo. Escupí las bolitas y salté hacia la caja de metal flameante para probar esa comida, pero el Humano de pelaje largo me quitó del camino.

¡Cómo se atreve! Si tan solo tuviera mi desintegrador molecular, lo habría vaporizado. Claramente, este ogro ni se imaginaba lo que le hice a la población de Kattus.

Me subí a la caja de fuego otra vez, pero nuevamente me quitó.

Ya lo veremos.

CAPÍTULO 11

Lunes por la mañana.

"Cabaña de Bienvenida al Monte Eclipse a 150 mts", decía el cartel.

Ni bien nuestro auto ingresó al campamento, yo ya estaba buscando desesperadamente el modo de escaparme de allí.

Mamá se negaba a escucharme.

—Mira, Raj —me dijo, mientras bajábamos del auto—. Este campamento es una oportunidad maravillosa para que aprendas sobre la naturaleza, técnicas de supervivencia y, también, para fortalecer tus conocimientos antes de ingresar a la universidad.

—¡Pero si recién estoy empezando sexto grado! —le recordé—. Y pensé que el objetivo principal de venir aquí era hacer amigos.

—Ah, sí, claro. Amigos nuevos —comentó, y señaló a

un grupo de niños que lucían mucho más grandes que yo–. ¿Qué tal *aquellos*?

Mientras mamá realizaba la inscripción al campamento, observé a los niños. Estaban marcando los árboles con sus navajas. No sabía qué era lo que estaban haciendo, pero definitivamente *no* parecían amigables.

Cuando volteé, mamá ya había regresado a nuestro automóvil.

–¡Diviértete! –gritó desde lejos, y luego se marchó.

Divertirme. Sí, claro.

—¡Hola! ¿Cuál es tu nombre forestal?

Una niña se acababa de *materializar* frente a mí, como una especie de ninja de la naturaleza. Tenía todo el rostro cubierto con lodo.

—¿Mi *qué*?

El lodo seco se estaba resquebrajando en sus mejillas. Parecía bastante incómodo.

—En el Campamento Eclipse todo el mundo tiene un nombre forestal. El mío es Ciprés —me explicó.

Antes de poder decir algo, sentí una enorme mano sobre mi hombro. Volteé y me encontré con un niño del tamaño de un refrigerador mirándome desde arriba.

—Yo soy Lobo —comentó.

—¡Qué genial tu nombre forestal! —exclamó Ciprés.

—¡Es mi nombre real! —dijo el enorme niño—. Mi nombre forestal es Steve.

Con Ciprés nos miramos. No parecía buena idea corregirlo.

—¿Cuál es tu nombre? —me preguntó Steve.

–Yo soy Raaa… –comencé a decir mi nombre real, pero no era el que necesitaban y rápidamente lo modifiqué–…ta.

¿Rata? ¿Acabo de llamarme a mí mismo *Rata*? ¿Hay ratas en los bosques?

–¡Fantástico! –sonrió Steve.

–¡Vamos a aprender mucho en este campamento! ¡Les va a encantar! –gritó Ciprés–. ¡No puedo esperar a la Noche de Supervivencia!

Justo cuando estaba por preguntarle a qué se refería exactamente con *la Noche de Supervivencia*, un extraño silbido animal invadió el aire.

Aunque no provenía de un animal, sino de un sujeto delgado y alto con una barba larga y mullida. Estaba parado sobre el muñón de un árbol y movía sus largos brazos de un lado a otro.

Ciprés nos dijo que ese era el guardabosque, quien también sería nuestro consejero en el campamento.

–Su nombre forestal es Buitre Americano.

–¿Por qué hace ese ruido? ¿Le pasa algo? –pregunté.

–No. Es el sonido que hace el Buitre Americano, y así es como nos llama para que nos reunamos en el Tronco de las Palabras –me explicó Ciprés–. Sígueme.

Miré al consejero nuevamente.

No me importaba lo que Ciprés dijera; algo *definitivamente* no estaba bien en él.

CAPÍTULO 12

Con los Humanos lejos, tenía toda la fortaleza para mí. Era hora de localizar su teletransportador intergaláctico y regresar a mi planeta para **¡vengarme!**

Pero fue difícil encontrarlo.

Por alguna razón, los Humanos colocaban portales entre sus habitaciones. Y, como todo en este lugar barbárico, estaban diseñadas para pulgares oponibles.

¡Ggsss! ¿Por qué no podían usar simplemente pantallas táctiles como nosotros en Arenalus?

Tomé una siesta y reflexioné sobre qué hacer.

Cinco minutos después, tenía hambre.

El asunto de la comida se había vuelto insoportable. Peor que las bolitas petrificadas era la pasta enlatada, que emanaba un olor horrible y pensaban que era un buen obsequio para mí.

Su comida la guardaban dentro de una enorme caja blanca que estaba dividida en dos compartimentos.

Con todas mis fuerzas, me las arreglé para abrir uno de ellos. Allí dentro todo estaba congelado. ¿Por qué? El segundo compartimento, sin embargo, tenía algunas cosas menos frías.

Lamí todo.

La mayoría de lo que los Humanos consideraban comida me parecía desagradable. Sin embargo, había un rectángulo amarillo que era bastante sabroso, y mucho más aún el líquido blanco que guardaban dentro de una caja de cartón.

También encontré un recipiente con doce óvalos.

Mordí uno de ellos y estalló en mil pedazos, desprendiendo un globo amarillo-anaranjado y una sustancia viscosa y densa de su interior.

Lo comí.

¡Puaj! ¡QUÉ ASCO!

Me marché y lo vomité dentro de uno de los cobertores que usan los ogros en sus pies.

CAPÍTULO 13

Lunes por la mañana.

El guardabosque continuaba chillando y aleteando sus brazos hasta que todos nos reunimos alrededor del gran tronco en el que él estaba parado.

Luego, sonrió. ¿Era idea mía o tenía *muchos* dientes?

–Bienvenidos al Campamento Eclipse, novatos de la naturaleza. Mi nombre es Buitre Americano y seré su Líder de Supervivencia. Antes de comenzar con las

actividades del día de hoy, ¡coloquémonos nuestras orejas de ciervo!

Miré a Ciprés y a los niños más grandes, quienes se llevaron las manos por detrás de las orejas. Hice lo mismo y todos los sonidos a mi alrededor –aves, viento, insectos– se volvieron más fuertes.

–Este es el sonido de la... ¡naturaleza! –dijo Buitre Americano.

Sonaba bastante bien, por cierto. No tan espeluznante como lo había imaginado.

–Algunos dicen que los seres humanos estamos destruyendo el planeta, pero déjenme decirles algo: la naturaleza es indestructible –agregó Buitre America-no–. Los humanos, en cambio, no lo son... –hizo una pausa dramática–. Sin embargo, si aprenden a vivir *con* la naturaleza, aún hay esperanzas para ustedes. Cuan-do comiencen a entender sus secretos, podrán ser ca-paces de sobrevivir el futuro que se avecina. Podrán sobrevivir cuando ya no puedan comprar las cosas que más quieren, como refrescos, bicicletas, pantalones

—me miró directo a los ojos—, o las revistas de *Hombre América*, por ejemplo.

Un escalofrío recorrió toda mi espalda. ¡Era como si él pudiera ver mi alma!

Luego sonrió con todos esos dientes otra vez:

—El primer paso es aprender a encontrar el camino en la naturaleza —continuó—. ¿Alguno tiene una idea de cómo hacerlo?

Parecía que todos excepto yo estaban levantando la mano, pero Buitre Americano de todos modos me señaló a mí.

Tragué saliva.

—Bueno, una vez con mi papá nos detuvimos en un descanso en la carretera que lucía *bastante* natural. Salimos a caminar y nos perdimos por completo, pero utilizamos Google Earth y rápidamente encontramos un McDonald's —comenté.

Todos se quedaron mirándome.

—Eh… y luego pedimos un taxi, que nos llevó de regreso a… eh… el descanso.

Los demás niños comenzaron a reír con disimulo a la espera de lo que Buitre Americano diría.

El consejero del campamento me miró con los ojos entrecerrados:

—¿Llevas tu teléfono contigo *ahora*? —preguntó.

Le respondí que sí.

Se estremeció del horror.

—¿Alguien más tiene algún aparato tecnológico?

—¿Un iPad cuenta? —quiso saber Steve, levantando la mano.

—¡Qué *perdedores* son estos niñitos! —agregó uno del grupo de los mayores, que aparentemente se llamaba Escorpión.

Entonces el consejero nos acompañó a Steve y a mí a la cabaña con el letrero que decía BIENVENIDOS, y nos hizo dejar nuestros aparatos dentro de lo que llamó la Caja Prohibida.

Luego, nos guio a todos por debajo del arco del Campamento Eclipse, el cual según él representaba el portal entre la civilización y la naturaleza.

Cuando llegó mi turno de pasar, Buitre Americano arrugó su nariz.

–El aroma a civilización es muy fuerte en ti.

No se suponía que fuera un cumplido, pero lo tomé como tal.

CAPÍTULO 14

Tomé una siesta y luego retomé la búsqueda del teletransportador.

Había enormes cajas color café desperdigadas por toda la fortaleza y descubrí una en la que los Humanos guardaban su tecnología. Si es que podía considerarla como tal. Era todo *tan* primitivo. ¡Y nada funcionaba!

Enfurecido, pateé la cola negra y delgada que colgaba de uno de los artefactos. Casi todos los dispositivos tecnológicos tenían una cola con tres dientes en su extremo. ¿Era decorativa?

Todo luce mejor con cola, después de todo.

Luego, noté dos huecos en la pared que eran del mismo tamaño que los dientes plateados de las colas. Quizás era una fuente de energía.

Coloqué los dientes en la pared y ¡el objeto envió una ráfaga de aire caliente directo a mi rostro!

¡Ggsss!

Lo apagué y comencé a insertar otras colas en los huecos de la pared.

El resultado fue extremadamente desalentador. La mayoría de los aparatos de los Humanos servían para crear luz o calor. Seguí buscando, y encontré lo que parecía ser un arma de fotones, sin embargo en ningún momento arrojó diez gigajulios de electricidad. Simplemente daba vueltas.

No lograba imaginar para qué era. ¡Apenas podría mutilar a un enemigo con ella!

El lado positivo: las cajas eran bastante satisfactorias por sí mismas. Me recordaron a los maravillosos dormitorios de mi planeta. Me metí dentro de una y tomé una siesta.

Renovado, busqué entre las demás cajas, pero fue en vano. Estos ogros no tenían bobinas multifásicas ni codificadores protónicos; ni hablar de un teletransportador intergaláctico.

Tendría que construir uno con su basura. ¡Podría tomarme semanas! ¿Y dónde lo haría?

El único lugar en el que tendría privacidad era dentro de la caja con arena.

Trasladé hasta allí uno de los aparatos tecnológicos más prometedores y comencé a desarmarlo. Tenía un mecanismo de tiempo y una bandeja rotativa, y emanaba radiación. Podía servir.

Ah, por cierto, finalmente había entendido qué era lo que querían que hiciera en la caja con arena.

Pis y *popó*.

Todo indicaba que los Humanos querían coleccionar los excrementos de los felinos. ¿Por qué? No tenía idea, pero me negaba a dárselos.

En cambio, lo hacía en el mismo lugar que ellos: una habitación con una vasija blanca brillante que albergaba líquido transparente.

Al accionar una palanca, el pis y la caca desaparecían y *¡voilà!* La vasija quedaba limpia nuevamente.

Lejos, era el dispositivo más interesante.

Por cierto, ¿dónde estaban esos terribles Humanos? Ya habían pasado varias horas de la siesta. ¿Regresarían alguna vez?

Temía que les hubiera ido mal en el campo de batalla.

CAPÍTULO 15

Lunes por la noche.

–Raj, ¿te divertiste hoy en el campamento? –preguntó mamá cuando llegó a casa.

–Es un campamento de *supervivencia* –le respondí–. ¿Acaso investigaste sobre ese lugar antes de anotarme?

–¡Claro que sí! Lo recomiendan en tu nueva escuela.

–Bueno, no fue divertido. Jugamos a "Cazador o comida".

–¡Suena divertido! –dijo.

–¡Fue horrible!

Y vaya que lo fue. Nos dividimos en dos grupos: depredadores y presas. Ciprés me contó que era una versión más agreste del típico juego de atrapar, aunque Escorpión y sus amigos se tomaron muy en serio el concepto de "matar o morir". Su idea del juego era arrojar al lodo a los niños más chicos y pararse sobre ellos.

–Veo que también hicieron manualidades –agregó mamá, levantando un trozo de madera con mi nombre, y amarrado a un cordel–. R-A-T-A. ¿Por qué dice *Rata*?

–Es mi nombre forestal, mamá. Y está escrito con sangre. *Mi* sangre.

–¡Cuánta imaginación tienes, Raj!

De hecho, era jugo de frutas, pero fácilmente podría haber sido mi sangre.

–Aunque… –agregó– necesitas mejorar un poco tu escritura.

Y antes de que me mandara a hacer ejercicios de caligrafía, me marché a buscar a Garry.

En el camino encontré a papá caminando por la cocina. Parecía confundido.

–¿Has visto mi linterna? ¿Y el microondas?

–No.

–Puedo jurar que estaba aquí… –dijo, y luego metió la cabeza en una de las cajas de la mudanza.

Encogí los hombros y seguí buscando a mi gato.

De repente, oí ruidos metálicos en el sótano.

Me encaminé hacia allí. Parecía como si vinieran del... ¿arenero?

–¿Garry? –lo llamé.

El ruido se detuvo.

Dos segundos más tarde, Garry salió del interior del arenero. Por primera vez, tenía la mirada de culpa que tienen los perros.

–¡Oh, tranquilo, gatito! –le dije–. ¡No tienes que sentirte avergonzado por utilizar el arenero! Tranquilo, yo lo limpiaré por ti –y cuando estaba a punto de abrir la tapa, bufó y me pegó con su pata–. ¡Ay, está bien! ¡Tu espacio! Lo entiendo. A mí tampoco me gusta cuando mis padres se meten en mi habitación.

Arriba, oí a papá en la puerta del frente.

–¿Qué hay en mi zapato? –gritó–. ¿Es...?. ¡Oh! ¡*Puaj*! **¡Qué asco!** ¡GARRY!

CAPÍTULO 16

El regreso del pequeño Humano interrumpió mi trabajo. Me vi forzado a enterrar lo que había hecho y actuar con inocencia.

Durante el resto del día observé a los Humanos con mayor detenimiento, tratando de comprender sus costumbres.

Qué extraña era su forma de comer. ¿Por qué usaban herramientas de metal y armas para *llevar* el alimento a sus bocas, en vez de *acercar* la boca al plato? ¿Cómo puede ser que nunca se les haya ocurrido?

Comencé a creer que, quizás, ese comportamiento (al igual que la falta de tecnología en la fortaleza) no era común para toda la Humanidad, sino solo algo de *estos* Humanos en particular.

Y descubrí más datos decepcionantes sobre ellos:

1. No eran estrategas, guerreros, ni soldados de ningún tipo.

2. Los bolsos con los que se marchaban al salir de la fortaleza no eran, de hecho, bolsos con armas, sino que estaban repletos de comida.

3. Su fortaleza no era una fortaleza. Más bien era una vivienda. Un hogar.

4. No eran todos del mismo género. La que tenía pelaje largo en la cabeza era la hembra. Los otros dos eran los machos. No sé por qué era tan difícil distinguirlos; con los gatos es tan fácil.

Esto último no fue del todo decepcionante, sino más bien un dato zoológico de interés. Sin embargo, los primeros tres puntos me dejaron pensando en que quizás mis Humanos no eran los mejores ejemplos de la especie. Quizás había otros más fuertes, con una tecnología superior, como un teletransportador intergaláctico.

Para descubrirlo, necesitaba escapar.

CAPÍTULO 17

Martes por la mañana.

Apenas me desperté, mamá me dio una barra de granola, me arrastró al auto y, diez minutos más tarde, me estaba dejando frente a la Cabaña de Bienvenida.

—¡Sobrevive! —me gritó mientras se alejaba.

Puse mi teléfono en la Caja Prohibida y seguí el llamado hacia el Tronco de las Palabras. No sé a quién tenía menos ganas de ver: si a Escorpión y sus amigos bravucones o a nuestro consejero, quien acababa de empezar su discurso matutino.

—¡Hoy aprenderemos el idioma del bosque! —anunció—. Los animales salvajes y la naturaleza forman un todo, y dejan rastros y señales que podemos seguir. ¿Alguno puede decirme la diferencia?

Ciprés levantó la mano enseguida.

—Los rastros son las huellas y las señales, todo lo

demás –contestó–. Como por ejemplo, las marcas de las garras de un oso en los árboles o una enorme pila de excremento.

–Excelente –la felicitó el consejero–. Y tenemos que prestarle atención a todo. Ahora, camaradas, ¡síganme!

Marchamos hacia el bosque y, enseguida, me sentí tan mareado que no tenía idea en dónde estábamos.

–Si te pierdes en un bosque, puedes caminar en círculos y NUNCA salir. Pero si encuentras uno de *estos* –dijo Buitre Americano, señalando una débil y estrecha huella en la tierra–, ¡estás a salvo! El recorrido de un ciervo siempre llega a alguna parte porque estos animales, a diferencia de los humanos, nunca caminan en círculos ni se pierden.

Nos condujo hasta lo más profundo del bosque y luego nos dijo que cada uno debía encontrar el sendero de algún ciervo y utilizarlo para poder regresar al Tronco. Todos hallaron uno bastante rápido.

Excepto yo. Terminé solo y perdido en cuestión de minutos.

Después de andar y andar por lo que me pareció una eternidad, sintiéndome un tonto y con miedo, encontré al grupo. Buitre Americano estaba sobre su tronco, en medio de una lectura sobre el idioma de las aves, y todos lucían sus orejas de ciervo en la cabeza.

–¿Ven? –comentó el consejero al grupo–. Les dije que Rata *finalmente* encontraría el camino de regreso.

–Bienvenido de nuevo –susurró Ciprés.

Buitre Americano emitió un silbido agudo repetitivo, y luego algunos sonidos más agradables.

–¡Acaban de oír el sonido de un agateador americano y de una mascarita común! –explicó–. La mayoría de la gente piensa que el canto de un ave es una simple y armoniosa melodía, pero en realidad estas usan su canto para saludar, cortejar y ¡dar advertencias! Las aves son las mensajeras del bosque. Incluso su silencio nos dice algo. ¿Alguno puede responderme por qué no escuchan el canto de las aves en los jardines de sus casas?

–¿Hay pocos árboles? –repreguntó uno de los niños.

–¿Muchos automóviles? –agregó otro.

—¡Las cortadoras de césped! –arriesgó Steve.

Buitre Americano asintió pensativo.

–Estas no son teorías tontas –continuó–, pero existe un culpable, un depredador vicioso, que es la principal razón... –sus ojos se entrecerraron al mirarnos, pero nadie se animaba a adivinar–. ¡Los gatos! –exclamó finalmente–. Por donde sea que deambulen, cazan y asesinan a las aves. De hecho, ¡el gato doméstico es más destructivo que los seres humanos! –su voz adquirió un tono más frío–. ¡Si las personas realmente se preocuparan por la naturaleza, no dejarían que estas bestias malvadas y salvajes entren a sus hogares!

Garry... ¿malvado? Esto sí era ridículo.

–¡Si tan solo los gatos fueran un especie en peligro de extinción! –gritaba ahora Buitre Americano más entusiasmado–. Porque ese día, amigos míos, el canto de las aves será realmente regocijante.

Luego el consejero se bajó del Tronco de las Palabras y comenzó a bailar en el lugar, imitando diversos sonidos de aves.

Volteé hacia Steve.

–Nuestro consejero está loco –le dije.

Quería irme corriendo a casa para jugar con mi gatito.

Si tan solo conociera el camino de regreso.

CAPÍTULO 18

Observé a los Humanos marcharse en su tanque (el cual –*suspiro*– era simplemente un karting motorizado sin lanzacohetes de ningún tipo).

Di un salto desde la ventana hacia el portal principal. Tras estudiarlo con detenimiento, descubrí que funcionaba como un simple sistema de palanca. Lo único que tenía que hacer era estirarme, jalar hacia abajo y ¡AJÁ!, ¡era libre!

Una rápida inspección de la zona me había revelado la existencia de más gatos terrestres, y esperaba que uno de ellos supiera informarme cuál de todos los Humanos en las cercanías tenía la mejor tecnología.

Al otro lado de la calle, había visto a un gato gris atigrado y regordete apostado siempre en la misma ventana. Parecía estar pegado a ella.

Pero tenía pocas expectativas con él.

Sin embargo, en la fortaleza vecina a la mía vivía una

gata anaranjada que entraba y salía de su casa cuando
quería, a través de un portal diseñado específicamente
para felinos. Aquí, al menos, había cierta evidencia de
tecnología sofisticada.

Me dirigí a toda prisa hacia esa puerta abatible. La
empujé del mismo modo en el que había visto a la gata
anaranjada hacerlo, pero nada ocurrió. Volví a intentarlo, presionando más fuerte con mi cabeza. Nada.

¿Funcionaba con un escaneo de retina? ¿Con una
muestra de ADN? ¡Esto sí que era tecnología avanzada!

Esperé detrás de un arbusto hasta que la gata salió para hacer sus ejercicios matutinos.

–¡Saludos, hermana felina! –exclamé, saliendo del arbusto.

–¡MIAU! –me respondió, parpadeando sin decir nada–. ¿MIAU?

Ay, no… ¡no *otra vez*!

CAPÍTULO 19

Martes por la tarde.

Nos habían pedido que no lleváramos nuestra comida porque nos la darían allí. Pero todo terminó siendo un gran malentendido.

—Cuando aprendan a buscar comida, ¡el bosque los alimentará! —declaró Buitre Americano.

Nos enseñó a buscar bayas, ajo salvaje, achicoria y totoras. Las plantas no fueron difíciles de hallar, pero la mayoría de ellas sabía a pasto.

Steve no oyó la parte sobre cómo recolectar y preparar las ortigas —lección que tuvo que aprender dolorosamente—, mientras que Ciprés me llamaba para mostrarme qué era lo que había encontrado debajo de un tronco caído.

Parecía arroz... yo no sabía que crecía debajo de los troncos.

Pero, de repente, los granos de arroz comenzaron a moverse.

–¡Excelente descubrimiento! –gritó Buitre Americano, exaltado de felicidad–. ¡Los gusanos, escarabajos y larvas de insectos son parte vital de la dieta salvaje! –anunció. Luego, tomó un puñado de las cositas blancas movedizas y se las llevó a la boca–. Recuerden: no se trata de saborearlo, sino de ¡*sobrevivir!*

Si para sobrevivir tenía que comer eso, prefería morirme de hambre.

Cuando regresamos al Tronco de las Palabras, el consejero indicó que era hora de elegir una manada.

–¿Una qué? –le pregunté a Ciprés.

–Un equipo –me explicó.

–¿Para qué necesitamos equipos?

–Para la Noche de Supervivencia. Sin una manada, no durarías ni cinco minutos.

–Quieres decir en el juego, ¿verdad? ¿*Verdad?*

Ciprés simplemente sonrió, mientras mordisqueaba un trozo de totora.

Tenía miedo de que nadie me elija, pero cuando el consejero le pidió a Ciprés que armara su manada, me señaló a mí y a Steve.

—Interesante elección —comentó Buitre Americano, escéptico. Luego, le pidió a Escorpión que eligiera su manada.

—Cobra y Salamandra —contestó él, señalando a los otros dos niños a su lado.

Cobra era un chico alto y delgado, y Salamandra una muchacha baja y llena de pecas, con dos trenzas largas y enmarañadas. Ninguno lucía amigable.

—Todos de sangre fría, ¿eh? —observó el consejero.

—Fuimos los primeros en este planeta y seremos los últimos —asintió Escorpión. Y chocaron los cinco entre los tres.

Buitre Americano sonrió:

—Me gusta su espíritu, al igual que sus nombres de bosque. Pero ¿los escorpiones son de esta zona?

—¡No, son del desierto! —respondí—. Elba es una zona de bosques templados, por eso aquí los escorpiones están fuera de su hábitat natural –añadí entusiasmado por haber respondido algo. ¡Gracias, examen de ecología de quinto grado!

–Rata, puede que no seas tan ignorante como pensé –dijo Buitre Americano–. Creo que las chances de sobrevivir de la manada de Rata acaban de incrementarse.

Ahora Ciprés y Steve chocaron los cinco *conmigo*, lo cual me hizo sentir bastante bien hasta que me topé con los ojos violentos de Escorpión.

Grandioso. Todavía no había hecho amigos y ya me las había arreglado para ganarme un enemigo.

CAPÍTULO 20

–¡MIAU!

Era la misma palabra extraña que los gatos de la prisión me habían dicho. Pero ¿qué significaba?

–Señorita, por favor –dije, lentamente–. Mi nombre es Bygotz, el Gran Emperador del planeta Arenalus, y busco información sobre los Humanos y su tecnología.

–¿Miau? –repitió.

No importaba cuánto intentara comunicarme, lo único que ella hacía era repetir esa palabra.

–¡Miau! ¿Miau? ¡Miaauuuuu!

Debía de tener algún tipo de daño cerebral. Quizás por golpearse la cabeza con la puerta tantas veces.

No tenía otra opción más que recurrir al gato atigrado y regordete.

Crucé la calle y me subí a su ventana. De inmediato, él mostró signos de vida. Arqueó la espalda, erizó su pelaje y comenzó a bufar.

¡La pose del asesino!

Me hizo bien al corazón. Al menos no todos los gatos de la Tierra eran unos ¡tontos sumisos!

—Por favor, compañero felino —le dije—. ¡Vengo en paz! Busco información sobre los ogros carnívoros conocidos como Humanos.

—¡MIAU! —gritó—. ¡MIAU! ¡MIAU!

¿Era posible? ¿Estos gatos terrícolas conocían solo UNA palabra? ¿Y además, una que no tenía ningún sentido? Miles de años en este deplorable planeta debieron haber atontado a toda la raza felina. ¡Nunca lo hubiera creído! Por eso nunca derrocaron a los Humanos.

¡Se volvieron incluso más tontos que ellos!

Me había quedado sin opciones. Sabía que necesitaba aprender todo lo que pudiera sobre los ogros si alguna vez quería abandonar este lugar… y solo había una forma de hacerlo.

Tendría que invadir sus cerebros.

CAPÍTULO 21

Miércoles.

–¿Alguien vio la tostadora? –preguntó papá durante el desayuno, mientras sostenía dos rebanadas de pan–. Realmente la necesito.

–Creí que lo único que necesitabas era la bola de béisbol de Derek Jeter –respondió mamá con una sonrisa–. ¿No sirve para tostar el pan?

Era extraño, parecía que todos nuestros electrodomésticos habían desaparecido. Claro, había visto a papá pasarse horas buscando las llaves del auto, y que luego las encontrara en su bolsillo; aun así, era extraño.

–Es un completo misterio –comenté–. ¿Por qué no me quedo en casa y ayudo a desempacar todo para que podamos resolverlo de una vez?

–Buen intento, mi cielo –respondió mamá–. Sube al auto , ahora.

En el Tronco de las Palabras, Buitre Americano no dejaba de hablar de la actividad del día: pescar.

–Con la ayuda de unas cestas de pesca, que armarán ustedes mismos, podrán atrapar peces del arroyo. Luego, tendrán que destriparlos, cocinarlos y comérselos.

Levanté la mano.

–Eh… no como carne –comenté.

Buitre Americano parecía horrorizado.

–Es algo cultural –le expliqué–. Toda mi familia es vegetariana.

Esto no era del todo cierto. La familia de mamá era de Karnataka y ellos sí eran completamente vegetarianos. Pero papá se escabullía para comer una hamburguesa más veces de las que admitiría. No fue casualidad que termináramos en un McDonald's aquella vez que nos perdimos.

Buitre Americano exhaló ofuscado y me puso a armar las cestas.

Escorpión pasó a mi lado; llevaba una lanza que había elaborado con una rama caída.

—¿Sabes cómo le dicen a un vegetariano en el bosque? —me preguntó, burlón—. *Presa.*

Tragué saliva.

Todo el mundo comió desesperadamente durante el almuerzo. Yo estaba tan hambriento que cuando papá me pasó a buscar, engullí medio paquete de galletas que estaba en la guantera del auto desde que cursé el cuarto grado.

El campamento también me dejaba exhausto, por lo que me dormí ni bien llegué a casa.

Luego tuve un sueño muy extraño. Estaba de regreso en el campamento y las aves cantaban tan fuerte que no podía oír lo que Buitre Americano decía. Él comenzó a arrojar semillas sobre mi cabeza y todas las aves volaron en mi dirección. De pronto, empezaron a *picotearme* todo el cuerpo y...

Me desperté.

Pero todavía podía sentir el picoteo, como agujas sobre mi cabeza. *¡Ay!*

¡Era Garry!

Estaba encima de mi cabeza y me masajeaba con sus patas.

–¿Miau? –dijo Garry.

¡Su primer *maullido*! ¡Qué gatito tan lindo!

Aunque sus garras en mi frente realmente me estaban lastimando.

CAPÍTULO 22

Estaba *a punto* de terminar de derretirle el cerebro al pequeño Humano, cuando este se despertó.

¡Ggsss!

–¿Miau? –dije, imitando a un sumiso gato terrícola.

El ogro cayó en mi trampa. ¡Tonto!

Si bien no había logrado fundirle el cerebro por completo, pude explorar su mente lo suficiente como para aprender lo básico. En primer lugar, ahora estaba seguro de que *nunca jamás* volvería a meterme en la mente de un Humano. ¡El cráneo de la criatura era como una oscura cueva sin salida! Pero al menos ahora podía entender un poco su idioma y algunas de sus costumbres.

El joven ogro, para mi sorpresa, tenía nombre: Raj Banerjee. La ogra de pelaje largo era la madre y el ogro grande y torpe, el padre. Lamentablemente, ninguno de ellos sabía algo sobre tecnología. ¡Y nunca visitaron otro planeta!

Esa era la triste verdad de los Humanos.

También descubrí que el joven ogro me "amaba".

Este "amor" era un concepto totalmente ajeno a los felinos. ¿Era un sentimiento, como el orgullo o la violencia? ¿O un tipo de enfermedad?

Me inclinaba más por la última opción.

El síntoma más asombroso de esta afección era que un ogro podía elegir *servirle* a otro ogro –o animal– que amara.

Qué extraños eran estos Humanos.

El joven ogro colocó su pata pelada sobre mi cabeza y la rascó con suavidad. Para mi sorpresa, este gesto no me molestó.

Y fue así que lo descubrí. ¡El joven ogro tenía pulgares oponibles! Esto significaba que podría ayudarme a construir el teletransportador.

Y, dado que sufría de esta enfermedad del amor, lo haría sin cuestionar nada.

Rrrr.

CAPÍTULO 23

Viernes por la noche.

Eran las nueve de la noche y la primera semana de la experiencia más horrible de toda mi vida había terminado. De hecho, me *arrastré* a mi habitación y cerré la puerta.

Garry estaba durmiendo sobre mi almohada.

—Tienes tanta suerte de ser un gato —le dije, dejándome caer sobre la cama y tapándome con la manta hasta la barbilla—. Puedes quedarte durmiendo en la casa todo el día, mientras *yo* tengo que ir a ese campamento psicótico de supervivencia.

Garry se posó sobre la ventana e hizo su pose de gárgola peluda.

—Creí que ayer había sido el peor día. Tuvimos que subir y bajar la montaña corriendo cinco veces y hacer ejercicio con la rama de un árbol. Luego, nos tocó empujar una roca –froté mis ampollas–. *Las olimpíadas del bosque*, como las llamaba Buitre Americano. Después de eso, nos llevó a tallar lanzas, lo cual estuvo genial… hasta que Steve se sentó sobre la mía y la rompió. Y Escorpión continuó creyendo que yo era *su* presa.

Mi gato sacudió la cola, se bajó de la ventana y comenzó a tocar la puerta con su pata.

–No puedes irte, Garry –le indiqué–, porque tengo que contarte sobre hoy. Buitre Americano dijo que ya no podríamos usar zapatos y nos hizo guardarlos en la Caja Prohibida. Llamaba *hacer cable a tierra* a caminar descalzo y nos explicaba que los humanos lo habían hecho desde el comienzo del tiempo.

»*Hacer cable a tierra les permitirá conectarse con los polos naturales del planeta y absorber toda la energía de la Tierra*, nos explicó. Y sonaba como si tuviéramos superpoderes, lo cual habría sido maravilloso. Pero las rocas eran muy *filosas*. ¿Tienes idea cuántos tipos de plantas tienen espinas?

Por alguna razón, Garry ahora estaba saltando hacia el picaporte de la puerta, mientras emitía un alarido demente y de tortura.

–Suenas igual que el dolor que *yo* siento, Garry. Le pedí a Buitre Americano algunas banditas, pero dijo que los cortes eran solo un inconveniente menor y momentáneo para obtener nuestros *pies de bosque*.

Me rasqué una de las miles de picaduras de insecto.

–Lo último que nos comentó fue sobre cómo disfrutar nuestro fin de semana, ya que: *tras la Noche de Supervivencia*, sentenció, *sus vidas ¡NUNCA SERÁN LAS MISMAS!* ¿Puedes creerlo? ¿Muy loco, verdad?

Garry me miraba fijo mientras agitaba su cola.

Lucía tan simpático como mamá en la cena, cuando le pedí si podía evitarme la segunda semana de campamento. Me dijo que me olvidara de eso.

–Raj lo intentó durante toda una semana, querida –le había dicho papá.

Pero eso no parecía importarle a ella.

–Nosotros *nunca* nos rendimos –le contestó–. ¡Una Banerjee SIEMPRE termina lo que empieza!

–¡Pero, mamá, soy un varón!

–Ese no es el punto.

En otras palabras, tendría que regresar.

Me levanté de la cama y acerqué mi rostro al de Garry:

–¡Simplemente desearía que no exista ningún Campamento Eclipse, ni Oregón, y poder regresar a mi hogar en Brooklyn! –grité–. ¡La vida es demasiado dura aquí!

Y luego Garry dijo algo.

En *español*.

CAPÍTULO 24

¡Estaba atrapado! ¡Atrapado en esa habitación, con el joven Humano y sus quejas incesantes y patéticas!

Prefería que me arrancaran el pelaje, pelo por pelo, a tener que estar escuchando una palabra más. Tenía que decir algo.

–¡Puedes dejar de quejarte! ¡**CÁLLATE**!

Bueno, quizás eso no fue lo que debería haber dicho.

El joven Humano abrió su mandíbula por completo y se alejó de mí.

–¿Garry? ¿Acabas de *hablar*?

Había miedo en su voz. Me gustaba.

Consideré seguir con mi actuación y decir "Miau".

Pensaría que se estaba volviendo loco –¡qué idea maravillosa!–, pero necesitaba su ayuda si quería volver a mi hogar.

Tenía que decir algo rápido.

–Raj Banerjee de la Tierra –dije con mi tono más majestuoso–. No soy de este planeta. Vengo de un mundo altamente avanzado al otro lado del universo.

El Humano ahora parecía incapaz de pronunciar algo. No estaba seguro de por qué: ¿sorpresa, miedo o pura estupidez?

–No soy, sin embargo, el típico gato espacial. En mi planeta, llevé a cabo una gloriosa invasión… eh, quiero decir, *revolución*… una gloriosa revolución que unió a todos los gatos en… en… la paz… sí, sí, ¡**paz**! –ronroneé–. Reiné en mi planeta como un guerrero benevolente y amigable.

El pequeño ogro abrió y cerró los ojos.

–Está bien… –dijo lentamente–. Entonces, ¿mi gato es un… *guerrero alienígena*?

–Un *amigable* guerrero alienígena.

–Un amigable y guerrero *gato* alienígena.

Su pequeño cerebro parecía estar procesando toda esta información. ¿Podía ser lo suficientemente crédulo como para creérselo?

–¡Es **maravilloso**! –dijo, regresando a la vida–. ¡No puedo creerlo! ¡Soy el niño más afortunado del MUNDO!

Y luego, comenzó a hacerme preguntas demasiado molestas:

¿Cómo aprendiste a hablar?

¿Cómo llegaste hasta aquí?

¿Por qué te marchaste de tu planeta?

¿Hay personas allí?

¿Y perros?

¿Hay gravedad? ¿Cuántos soles tienen?

¿Puedo ver tu nave espacial?

¿Alguna vez viste un agujero negro?

¿Por qué viniste a la Tierra?

¿Has ido a Marte?

–¡**Suficiente**! –lo interrumpí–. ¡Mi pata-derecha me TRAICIONÓ, y me desterraron a este planeta!

–Ah –me miró con curiosidad–. Y, ¿cuál es tu nombre alienígena?

–¿Nombre alienígena? Mi nombre *real*... ¡Bygotz! –lo corregí.

–¡Ay, es muy tierno! ¡Tu nombre es *Bigotes*!

–¡No, no, no! –grité. ¡Estos Humanos con sus lenguas gordas no pueden pronunciar nada bien!–. ¡Es Bygotz! ¡**BYGOTZ**!

El joven ogro encogió sus hombros.

–A mí me suena a *Bigotes*.

He vaporizado a embajadores y a reyes por insultos más leves, pero como necesitaba la ayuda de este Humano para volver a casa, hice una excepción.

CAPÍTULO 25

Sábado.

Cuando me levanté esa mañana, estaba seguro de que todo había sido un sueño.

De inmediato salí a buscar a Garry, pero no estaba en la cocina ni en la ventana del frente. Tampoco lo vi durmiendo en los lugares de siempre. ¿Dónde estaba?

Debería haber buscado más, pero primero tenía que ir al baño.

Abrí la puerta.

—¡Ocu-PA-do!

Garry estaba sentado en el retrete leyendo el periódico.

–¡Oh, lo siento! –dije y cerré rápido la puerta.

Guau.

¡Mi gato en verdad era alienígena! ¡Y **hablaba**! ¡Y podía **leer**! ¡Y usaba el **baño**!

¡¡¡GRANDIOSO!!!

Y no solo eso, ¡había reinado en su planeta! ¡Era un guerrero! Pero uno *amigable*.

¡Un amigable y guerrero gato alienígena!

¡Todo era verdad!

¡Tenía la **MEJOR** mascota!

Y tenía *taaaantas* preguntas.

–¿Qué clase de poderes tienes? –susurré a través de la puerta–. ¿Eres tan poderoso como *Hombre América*? –continué–. ¿Cómo es la vida en tu planeta de gatos? ¿Hay oxígeno? ¿Árboles? ¿Ratones? ¿Casas?

Esperé a que respondiera, pero bufó por alguna razón.

–¿Cómo unificaste tu planeta? –agregué–. ¿Qué tan grande es? ¿Cómo pelean los felinos allí? ¿Usan armas? ¿En el *espacio*?

Quedé obsesionado con el espacio exterior desde la

primera vez que fui al planetario en una excursión del segundo grado.

–¿Hay vida en muchos otros planetas? ¿Cómo viajan a través del espacio? ¿Qué se siente al viajar? ¿Puedo viajar yo a través del espacio?

Bufó nuevamente. Y luego, jaló la cadena.

–¡No puedo esperar a contarles a todos mis amigos en Brooklyn! –dije–. ¡No podrán creer que tengo un gato *de otro planeta*!

La puerta se abrió y Garry apareció en el medio.

–¡NO! –exclamó, moviendo su cola–. ¡Mi existencia en la Tierra debe ser un secreto! ¡No le digas **a nadie**!

–¿Qué? –pregunté, confundido–. ¿Por qué?

Garry saltó hacia un estante del pasillo para estar a la altura de mis ojos.

–¡NO-LE-DIGAS-A-NADIE! –repitió con ferocidad.

–Está bien, está bien –le respondí, levantando las dos manos.

Él levantó la cola:

–Estamos tratando un asunto muy serio.

–No le diré a nadie; lo prometo.

–Me refiero a otra cosa ahora –se lamió la pata y me miró directo a los ojos–. Necesito tu ayuda. ¿Me ayudarías, Raj?

–Claro –le respondí–. ¡Haría cualquier cosa!

Ronroneó.

–Necesito que me ayudes a construir un teletransportador –me explicó–. Para poder regresar a… ¡Arenalus!

CAPÍTULO 26

El joven Humano continuaba mirándome con gran desconcierto.

—¿Arenalus? —preguntó—. Pero si ya tienes el arenero que compramos para ti, ¡con la tapa y todo incluido!

Esta vez me tomó un gran esfuerzo no saltar directo a su tonto rostro.

Froté mis bigotes con una pata y recobré la compostura.

—Quizás será mejor para ti no intentar pronunciar los sofisticados sonidos de Arena... eh, de *mi planeta* —le respondí.

Y la expresión en el rostro del joven ogro me indicó que, finalmente, la sinapsis en su cerebro había ocurrido.

—Espera, ¿qué estás diciendo? ¿Que quieres *regresar* a tu planeta?

O quizás su cerebro no estaba funcionando para nada.

—¡Claro que quiero regresar a mi planeta! —grité.

De pronto, el joven ogro ya no estaba feliz. De hecho, lucía como si hubiera sido herido. ¿Acaso esto estaba relacionado con esa extraña enfermedad del amor?

–¿Quieres marcharte? –insistió–. ¡Pero si acabas de llegar!

Tenía que calmar al ogro para poder asegurarme su ayuda. Por eso, le mentí:

–No es mi elección tener que regresar a mi hogar. ¿Por qué lo haría? *Amaría* quedarme en este… este… MARAVILLOSO planeta –sentí otra bola de pelo avecinarse a mi boca–. Pero debo regresar para poder reconquis… eh, quiero decir, **rescatar** a todos los gatos indefensos que dejé atrás.

–Pero tú eres mi único amigo aquí –agregó el ogro.

Y de pronto, comenzaron a caer gotas del líquido transparente de sus ojos y a deslizarse por su rostro sin pelaje. ¿Qué le ocurría a esta criatura?

–Quiero ir contigo –dijo, secándose el fluido.

–Ah, cuánto desearía que pudieras venir conmigo –le respondí.

Estaba mintiendo otra vez, claro.

Pero luego lo pensé mejor. ¡SÍ! Ven conmigo. ¡Imagínalo! Tendría un gigante a mi lado para ayudarme a reconquistar Arenalus. ¡Sería **INVENCIBLE**! ¡¡Ya casi podía sentir el miedo del General Colmyllos!!

Rrrr.

Para alguien con una inteligencia tan limitada, la idea de un viaje interplanetario sería atemorizante, claro. Pero ¿qué tal si pudiera hacer que su propio planeta parezca mucho peor de lo que es? Después de todo, cuando uní nuestras mentes descubrí bastante sobre las perspectivas que el joven ogro tiene aquí... y no eran demasiado alentadoras.

–¡Ah, qué maravilloso sería que pudieras venir conmigo! ¡Amarías mi planeta! –exclamé–. Pero tienes que terminar el *fantástico* campamento de supervivencia. ¡Y está toda esta nueva ciudad que tienes que conocer y una nueva escuela a la que asistir! Estoy seguro de que serás muy popular. Estoy convencido de que los niños Humanos más grandes te harán sentir muy, muy bienvenido.

El pequeño ogro lucía como si estuviera a punto de soltar una bola de pelo.

¡Este era mi mejor plan maléfico! Si pudiera convencerlo de venir conmigo, ¡el monstruoso joven ogro sería todo mi ejército!

¡Ggsss, rrr, rrrrr!

CAPÍTULO 27

Domingo.

Decepcionado no era la palabra.

Decepcionado me sentí cuando los Knicks perdieron un partido.

Decepcionado me sentí cuando a la heladería se le acabó el helado de chocolate.

Decepcionado me sentí cuando olvidé mis nuevos comics en el metro.

Pero ¿*esto*? ¿Enterarme de que mi mascota era un amigable y guerrero gato alienígena y que al día siguiente se marcharía?

¡Esto era mil millones de veces más decepcionante que cualquier otra cosa que hubiera experimentado en **toda mi vida**!

Y lo peor de todo era que, además, ¡tenía que ayudarlo a irse!

—¡Humano! ¡Presta atención! –me dijo Garry–. Nivela el diodo con el condensador y luego mueve el magnetómetro siete grados a la izquierda.

—¿Eh?

Garry suspiró y movió su cabeza de lado a lado.

Nos encontrábamos en el sótano rodeados de partes del microondas, de la licuadora, del secador de cabello y del reproductor de DVD.

Finalmente, había descubierto dónde habían ido a parar todos nuestros electrodomésticos: directo al arenero sin usar de Garry. O, como él lo llamaba, su "taller de trabajo".

Por suerte, me dejó pasar todos los componentes a la mesa del sótano. Había varias herramientas que los dueños anteriores habían dejado y era la única habitación a la que mis padres nunca ingresaban. Estuvimos trabajando por horas.

—Sí, nivélalo de esa forma –me indicó–. No, más a la derecha… ¡usa tus pulgares!

—¡Lo siento!

Trabajar con Garry era divertido, siempre y cuando, yo no pensara en lo que estábamos construyendo: un dispositivo que lo llevaría bien lejos.

Aunque, también era un poco gritón. Se enfurecía especialmente cuando no seguía sus instrucciones al pie de la letra.

–El apartado 17K establece que debes hacer que el búfer de densidad de la radiación de las partículas energéticas anule la bobina de resonancia táctica de la popa –me explicó–. ¡¿Qué más claro puede ser?!

El problema era que no podía entender cuando escribía con sus garras. Para mí solo lucía como un trozo de cartón arañado.

Mientras desatornillaba los pequeños tornillos del búfer de densidad (fuera lo que fuera eso), le pregunté si extrañaba su planeta.

–¡Claro que lo extraño! –me respondió–. ¡Es un lugar tan maravilloso que excede la comprensión humana, y que pude reinar con pata de acero! ¡Los gatos temblaban cuando les hablaba! Mis ayudantes…

—Creí que habías dicho que eras un líder amigable —le recordé.

—Ah, sí... Estaba bromeando. ¿Te conté sobre el Palacio del Ronroneo?

Mientras trabajábamos en el teletransportador, Garry describía las maravillas de su planeta natal:

—Te lo aseguro, extraño cada una de las ochenta y siete lunas de Arenalus. Hasta echo de menos la atmósfera amarilla y tóxica de la número Setenta y Cuatro.

—Y yo extraño Brooklyn —le comenté—. Incluso el agua verde tóxica del canal Gowanus.

—Humano —agregó Garry con un suspiro—, *ambos* fuimos desterrados.

CAPÍTULO 28

Los Humanos tienen un sistema primitivo con el que comparten información llamado "Internet". Y lo utilizamos para conseguir las partes que necesitábamos para el teletransportador.

Al finalizar la compra, el joven ogro ingresó una serie de números en una pantalla táctil.

–Por suerte papá nunca revisa los resúmenes de su tarjeta de crédito –dijo.

No tenía idea de qué significaba eso.

Una vez que el Humano terminó con la compra, me dirigí al portal del frente.

–¿Qué estás haciendo? –me preguntó.

–Voy a recibir las partes –le contesté. ¿Acaso podía ser más tonto?

–Pero llegarán en dos días.

–¡Dos días! –exclamé–. ¿Qué clase de compra *instantánea* tarda dos días?

¡Este mundo primitivo era cada vez peor!

–De todos modos, ¿para qué necesitas la cámara de vacío? –indagó el joven Humano–. ¿O una puerta lógica de fotones?

Sus preguntas interminables me aburrieron, por lo que decidí tomar una siesta. A pesar de la tardanza, estábamos progresando con la máquina. Calculé que en cuatro días ya podría regresar a casa.

¡El General Colmyllos lamentará el día en el que cruzó bigotes conmigo!

¡¡Casi podía saborear mi **VENGANZA**!!

CAPÍTULO 29

Lunes.

Además de ser lunes, este era un lunes horrible.

No podía creer que tuviera que abandonar a mi *gato alienígena* parlanchín para sufrir otra semana en el Campamento Eclipse. ¡La semana que terminaría con la Noche de Supervivencia! Honestamente, viajar al espacio con Garry me parecía muchísimo menos aterrador.

–Pero es solo un juego –trató de consolarme mamá en el desayuno–. Y a ti te encantan los juegos.

–Solo los juegos de *mesa*, mamá –le repliqué–. No los que ponen en riesgo mi vida.

Le dije que me *negaba* a volver otra semana.

Luego ya estábamos en el auto.

Mientras ingresábamos a Monte Eclipse, mi corazón colapsó. Dejé mi teléfono y zapatos en la Caja Prohibida y me dirigí al Tronco de las Palabras.

–Hoy empezamos con los Desafíos de Manada –dijo el consejero entusiasmado–. Los preparará para sobrevivir el apocalipsis. Para sobrevivir en ¡LA ÚLTIMA NOCHE!

Me miró directo a los ojos y prosiguió:

–La Noche de Supervivencia es mucho más que un juego. El Paintball es un juego. Calabozos y Dragones es un juego. La Noche de Supervivencia es REAL. Durante veinticuatro horas estarán viviendo en un mundo pos apocalíptico –explicó, y luego su voz se tornó más sua-ve–. Estamos en el año 2047 y el calentamiento global hizo que el nivel del mar subiera casi treinta metros. La economía mundial ha sido destruida y ¡no queda nada de tecnología! ¡Internet está MUERTA!

No pude evitar dar un fuerte suspiro.

–Los pocos humanos que quedan se replegaron a las tierras altas –continuó–, y solo aquellos que logren adaptarse podrán sobrevivir. La pregunta que cada uno se debe hacer es... ¿seré yo uno de los sobrevivientes?

–¡SÍ! –gritó Escorpión y el resto de los Sangre Fría lo alentaron. Al igual que Ciprés.

–¿Por qué aplaudes? –susurré–. ¡Suena terrible!

–¡Será grandioso, Rata! –exclamó ella–. ¡Fue por esto que quisimos venir al campamento!

–¿*Quisimos*? –pregunté–. Mi mamá me obligó a venir.

Buitre Americano explicó que el desafío del día era una carrera para construir un refugio en la cima del Monte Eclipse.

–Bien, muchachos –dijo Ciprés, volteando hacia mí y Steve–. No hay muchos árboles en la cima de la montaña, por lo que debemos juntar ramas y hojas aquí en la base. Dividámonos y encontrémonos arriba. ¡Ahora, vamos, vamos, vamos!

Me alejé y empecé a juntar ramas por mi cuenta.

Salamandra se separó de los Sangre Fría y se acercó a mí.

–No debería decirte esto –susurró–, pero yo fui la niña nueva el año pasado, y ya sé cómo es. El camino principal a la cima es interminable. Pero hay un atajo –miró a su alrededor para asegurarse de que nadie la estuviera escuchando–. Dirígete al campo de helechos y camina entre los pinos. ¡Llegarás antes que todos! –dijo, y se marchó a toda prisa para reunirse con los Sangre Fría.

¿El campo de helechos? Allí era donde habíamos buscado caracoles. ¡Conocía el lugar!

Comencé a correr con los brazos repletos de ramas y hojas a través del campo de helechos hacia el bosque. Tenía razón, por allí era mucho más rápido.

Hasta que me topé con una cadena y un cartel que decía:

ACCESO A LA CIMA CERRADO POR MANTENIMIENTO

¡Esa falsa y asquerosa Salamandra! ¡Me engañó!

CAPÍTULO 30

La falta de concentración del joven Humano hacía que todo el trabajo que él y sus pulgares tenían que hacer fuera innecesariamente lento. No podía dejar de lloriquear por el campamento militar al que asistía.

Parecía que uno de sus enemigos lo había engañado para que siguiera un camino distinto durante el entrenamiento de guerra, lo que hizo que el batallón de Raj perdiera.

–¡Debes arrancarle las garras a esa Salamandra y cortar su cola! –le aconsejé.

–Pero es humana. No tiene garras ni cola.

Suspiré. ¿Acaso este Humano *no tiene* imaginación?

–Entonces, sácale todo el pelaje de su cabeza –le propuse–. Ahora, toma la bobina alfa-fotónica y conéctala a la barrera de anclaje.

–¿Qué? –preguntó perplejo.

–¡Junta esas dos cosas, niño!

–¡Maldición! ¡Ahora el control remoto también está roto! –oí al Humano padre decir desde arriba–. ¿Y dónde están todas las baterías? –y enseguida sentí el sonido de las gavetas de la cocina cerrándose.

Temía que el Humano padre comenzara a sospechar.

—Es que ya no sé qué hacer —se lamentaba el joven ogro—. Decepcioné a mi equipo y, sin ellos, estoy completamente solo en ese demente lugar. ¿Por qué Salamandra me engañó?

Lo miré con firmeza.

—Tenemos un dicho en nuestro planeta: *¡En la guerra todo se vale!*

—Ah, nosotros también lo tenemos —comentó—. Excepto que dice que en la guerra *y el amor* todo se vale.

—Eso es ridículo —musité.

—Garry, tú fuiste el líder más grande que tuvo Arenalus. ¿No tienes algún consejo para mí?

Suspiré. Comenzaba a darme cuenta de que el joven ogro sería incapaz de ayudarme a menos que lo ayudara primero. Quizás podría convertirlo en un soldado lo suficientemente bueno.

—Tenemos otro dicho en mi planeta —le comenté—. *Para trepar el árbol más alto no se requieren las garras más afiladas, ¡sino el corazón más fuerte!*

El joven ogro asintió sorprendido por esta sabiduría felina ancestral.

O no...

¡Era imposible saber qué era lo que estos Humanos estaban pensando con esos rostros inexpresivos!

CAPÍTULO 31

Martes.

–Me contaron que ayer te perdiste. ¿Tuviste que pedir un taxi para llegar a la cima? –me dijo Escorpión apenas llegué al campamento.

Él y los demás Sangre Frías comenzaron a reír.

–Fue culpa de esa tonta y lo sabes –intervino Ciprés, señalando a Salamandra, quien sonreía orgullosa–. Si no fuera por esa trampa, habríamos construido el mejor refugio.

–¡Sí, pero solo hicieron una pila de ramas! –agregó Cobra–. ¡Buena suerte durmiendo allí en la Noche de Supervivencia!

Buitre Americano comenzó a hacer su aleteo y seseo a medida que trepaba el Tronco de las Palabras. Y retomó la conversación justo donde la había dejado el día anterior:

–Imagínense, mis jóvenes sobrevivientes, los mares subiendo por la ladera de este antiguo volcán. ¡Los tsunamis llevándose todo lo que alguna vez conocieron! ¿A dónde irán cuando las aguas comiencen a subir?

–¿A nadar? –intervino Steve.

–*No* –le respondió Buitre Americano, poniendo los ojos en blanco–. ¡A los **árboles**! –exclamó. Todos miramos hacia arriba–. Ellos serán su refugio. No solo de los mares, sino también de los depredadores. Como las manadas hambrientas de otros humanos rivales.

Steve levantó la mano.

–Quiere decir... ¿caníbales?

Buitre Americano asintió.

–Pocos saben que el canibalismo era una práctica bastante extendida en varias civilizaciones antiguas –dijo, esbozando una macabra sonrisa–. ¡Y es una práctica que seguro regresará en el mundo posmoderno!

Comencé a preguntarme si a Buitre Americano le gustaba la violencia y la destrucción.

También me preguntaba lo mismo acerca de Garry.

Si lo que realmente quería era traer paz a su planeta, ¿por qué solo hablaba de *hacer pagar a los traidores e imponer un nuevo reinado del terror?*

¿Era posible que mi mascota no fuera un amigable y guerrero gato alienígena? ¿Y que quizás, solo quizás, fuera un *malvado* y guerrero gato alienígena?

Lo fuera o no, era MI malvado y guerrero gato alienígena, y no quería que se marchara de la Tierra. Aunque si lo hacía, quería ir con él.

Pero no podía pensar en Garry ahora. Estábamos a punto de recibir nuestro próximo desafío.

—Si quieren sobrevivir —gritó nuestro consejero—, ¡comiencen a trepar!

CAPÍTULO 32

—¡Ven, gatito, gatito, gatito!

El ogro padre estaba tratando de atraerme hacia su regazo con algunas de las secas bolitas comestibles.

Me acerqué con precaución.

—¡AY! ¡Gatito malo! —gritó llevándose el dedo que le acababa de morder a la boca.

Comencé a ronronear.

Había pasado mucho tiempo desde la última vez que lastimaba a alguien.

¡DING DONG!

—Bien, ¿quién podrá ser? —preguntó el ogro padre.

Abrió el portal principal y se encontró con otro humano horrible vestido completamente de marrón. ¿Era algún tipo de camuflaje militar?

Le entregó al ogro padre un aparato electrónico.

—Firme aquí, señor.

—¿Qué es todo esto? —se preguntó muy confundido

el Humano padre, mientras inspeccionaba las cajas y toqueteaba una palanca del aparato–. ¡Quizás una nueva tostadora!

De todos modos no abrió ninguna de las cajas, dado que "llegaría tarde al trabajo", un concepto ajeno a los felinos.

Ni bien se marchó, las abrí. Dentro de los paquetes encontré los diodos, condensadores, un potenciómetro y más: todas las partes que necesitaba para terminar mi teletransportador.

Ahora también tenía las partes críticas para mi otro proyecto: un comunicador transuniversal.

Si bien no tenía al joven Humano para ayudarme, logré completar el ensamblaje de este importante dispositivo con facilidad, deteniéndome solo para tomar tres breves siestas.

¡Ah, apenas podía esperar para llamar a casa y oír otra vez el dulce idioma felino de Arenalus!

Una vez que el comunicador estaba listo para ser utilizado, marqué para ponerme en contacto con el único sirviente que se mantuvo fiel hasta el final: el Teniente Felusa-Fyr.

Cuando al fin vi su rostro en la pantalla, su sorpresa y alegría eran evidentes.

CAPÍTULO 33

Todavía martes.

Buitre Americano había dicho que quien trepara más alto ganaría el desafío para su equipo. Y una buena táctica no solo consistía en elegir el árbol más alto, sino en elegir uno que se pudiera trepar. Por lo que podía ver, Ciprés, Escorpión y Salamandra habían elegido los mejores árboles y ya estaban encaminados hacia arriba.

Por mi parte, todavía seguía en el suelo tratando de elegir un árbol. No quería ser quien perdiera el desafío para su equipo... *otra vez*. Pero, por primera vez, había esperanzas.

Siempre fui bueno trepando, aunque nunca lo hacía exactamente en la naturaleza. El parque de juegos de mi antiguo vecindario tenía un muro de escalar que amaba, y yo había sido el mejor trepador de la escuela Escalada Brooklyn cuando asistía después de clases.

El árbol que en verdad quería trepar lucía tan alto como el rascacielos Empire State, pero no podía siquiera alcanzar sus ramas inferiores.

Hasta que tuve una idea:

—¡Oye, Steve! —grité. Él era el único niño que estaba a mi altura, dado que se había caído dos veces de un roble—. ¿Puedes ayudarme?

—No hay problema —me respondió y se inclinó para que pudiera usar su espalda como trampolín.

Sirvió a la perfección.

—¡Gracias! ¿Qué hay de ti? —grité desde las ramas.

—Estoy por…

—¡ESTÁS A PUNTO DE SER TRAGADO POR EL TSUNAMI MÁS GRANDE REGISTRADO DE LA HISTORIA! —lo interrumpió Buitre Americano.

—¡Trepa, Rata! ¡Trepa! —gritaba Steve, mientras esquivaba a nuestro consejero que fingía ser una ola gigante.

Comencé a subir, planeando la mejor estrategia para hacerlo. Pero ¿qué tan alto necesitaba llegar para vencer a los demás?

A Escorpión lo alcanzaría fácilmente. Estaba atascado y gritaba frustrado porque cada rama que tocaba se rompía con su peso. Ciprés también parecía estar atascada. Sin embargo, Salamandra estaba cerca de alcanzar el cielo. La pequeña mentirosa escalaba el pino como si fuera una escalera.

Yo tenía las manos pegajosas por la sabia del árbol, y las ramas no dejaban de picarme los ojos. Era mucho más difícil que trepar un muro con rocas de plástico incrustadas, pero seguí adelante.

Pasé a Escorpión y a Ciprés, y ahora estaba casi a la misma altura que Salamandra, quien quedó atrapada por un embrollo de enredaderas. ¡Quizás podría ganarle!

Y ahí fue cuando miré hacia abajo... Mi peor error.

Había superado por mucho el muro Monte Everest de Escalada Brooklyn. ¡Pero aquí no había ninguna colchoneta abajo! ¿En qué estaba **pensando**?

Me congelé del miedo.

—¡Rata se detuvo! ¡Los Sangre Fría ganan! —gritó Buitre Americano.

—¡No, espere! –agregó Ciprés desde algún lugar más abajo–. ¡Aún no terminó! ¡Vamos, Rata!

Quería seguir subiendo, pero no podía moverme.

Y luego, las palabras de Garry vinieron a mis oídos:

Para trepar el árbol más alto no se requieren las garras más afiladas, ¡sino el corazón más fuerte!

Comencé a moverme nuevamente. Mis manos se estiraban y mis pies se posaban sin vacilar sobre una y otra rama. Hasta que de pronto… me quedé sin árbol. Me mecía en la copa de este, que era el más alto del lugar. ¡Lo logré!

—¡Ganó! –gritó Ciprés–. ¡Rata ganó!

¡Gané! ¡Me sentía genial! ¡Como un héroe!

Había solo un problema: ¿cómo diablos iba a bajar de aquí arriba?

CAPÍTULO 34

–OH, GRAN AMO Y MAESTRO –maulló Felusa-Fyr–. ¡QUÉ EMOCIÓN SABER QUE ESTÁ BIEN! ¡GRACIAS A LAS OCHENTA Y SIETE LUNAS!

–No tienes idea de toda la humillación que he sufrido –le expliqué a mi leal sirviente–. ¡Pero no se comparará con todo lo que sufrirán mis enemigos! Cuéntame, Felusa, ¿los felinos de Arenalus piden por mi regreso?

–Bueno... –dijo lentamente–. Dejaron de quemar muñecos con su imagen.

–¿Viven con miedo bajo el reinado tiránico del General Colmyllos? ¿Desean con ansias volver a los días de mi reinado de pata de acero?

–Ehm... –vaciló Felusa. Se rascó la oreja con una de sus patas traseras–. La mayoría de los gatos parecen estar bastante, ehm, ¿felices? El General Colmyllos hizo que el cuidado del pelaje sea un derecho universal y al parecer todos están muy entusiasmados por las sesiones gratuitas e ilimitadas a la sala de acicalamiento.

—¡Quiere engañarlos! ¡Es un insulto! ¡Los buenos felinos de Arenalus deben enterarse de sus artimañas!

—Bueno... —maulló Felusa-Fyr—. También garantizó corte de garras gratis de por vida. Y plantó mil millones de árboles nuevos para reemplazar los que usted quemó durante la última guerra.

—En otras palabras... ¡ya es HORA de mi regreso!

—Para ser honesto, señor, creo...

—¡Silencio! —grité.

Felusa-Fyr nunca había entendido mis métodos, y no tenía tiempo para explicárselos ahora.

Lo que necesitaba era su ayuda para probar el teletransportador. Lo había terminado de fabricar esa misma mañana, luego de recibir todos los componentes finales del ogro de las entregas.

Y el objeto que había elegido para enviar a través del universo era una bola de entrenamiento militar que encontré dentro de una caja de vidrio, en la sala principal de los Humanos. Era blanca, con algunas costuras rojas, y tenía el nombre de un Humano sobre ella, un tal Derek Jeter. Probablemente el ogro padre se la había robado.

Sin dudas, aprobaba ese comportamiento. ¡Pero ahora yo se la robaría a él!

Coloqué el objeto en el teletransportador, debajo del haz protofotónico de rayo gamma. Presioné un botón y hubo un resplandor verde.

La bola de Derek Jeter desapareció.

Segundos más tarde, vi que ingresó a la atmósfera de Arenalus con otro resplandor verde. Flotó en el aire por un momento y luego se desplomó sobre la cabeza de Felusa-Fyr.

−¡*Ay!* −exclamó Felusa.

Me tapé las orejas por su quejido.

−Muéstramela −le ordené.

−Aquí −me contestó, bajando su cabeza−. ¿Ve el moretón?

−No, tonto. ¡*La bola*!

–Ah –recapacitó Felusa-Fyr y levantó el objeto. La bola estaba en perfecto estado.

¡Un éxito!

Aun así, Felusa-Fyr insistía con que probáramos el teletransportador con algo vivo antes de arriesgar mi preciada vida.

–Tengo varios Humanos innecesarios al alcance –le respondí.

–No –repuso Felusa-Fyr, rascándose detrás de sus orejas–. Busquemos algo que sea de su tamaño y composición genética. ¿Hay algún gato que puedas usar?

Mmmm…

Martes por la tarde.

–¡Garry! ¡Garry! ¡Dónde estás?

¡Moría de ganas de decirle que había ganado un desafío gracias a su consejo! Finalmente, lo encontré en el garaje, pero no había llegado a contarle la mejor parte cuando me interrumpió.

–¡Silencio! ¡Ya oí suficiente sobre tu insignificante vida! –exclamó Garry–. Eh, quiero decir, tus IMPORTANTES problemas, porque ¡tengo excelentes noticias! El teletransportador funciona y está listo para ser probado con un ser vivo.

Estaba a punto de preguntarle en qué lo probaríamos, cuando oí una voz.

–¿Hola? ¿Hay alguien ahí?

Era Lindy, la niña de primer grado que vivía cruzando la calle. Se detuvo al verme:

–Ah, eras tú. Me pareció oír *dos* voces.

–Era la radio –le respondí, pensando rápido.

–¿Qué radio?

–Eeeh…

–¡AYYY! ¿Ese es tu gatito? –se agachó para acariciar a Garry.

–No hagas eso –le advertí, sujetándola del brazo–. No es ese tipo de gato.

–¿Qué tipo de gato?

–Del que puedes acariciar.

Garry meció su cola y gruñó un poco.

–¡Ah, eso es terrible! ¡Mi gato, Chad, ama que lo levanten, acaricien y abracen! ¡También es superinteligente!

–¡AJÁ! –rio Garry.

—¡Qué maullido más extraño! –comentó Lindy.

—Mi papá dice que es mezcla de siamés.

—¡Ah, creo que Chad también! –exclamó y luego miró a Garry–. Incluso se parecen. Quiero decir, Chad es un poco más gordito, pero son básicamente del mismo tamaño.

Por alguna razón, Garry comenzó a ronronear muy fuerte.

—Entonces, ¿qué harán mañana? –preguntó Lindy–. Porque mamá me llevará a mí y a mis amigos a un parque acuático y aún hay lugar en la camioneta si quieres venir.

—Me encantaría, pero tengo que ir al Campamento Eclipse.

—¡Ahhh, vas al Campamento Apocalipsis! Sé *todo* sobre ese campamento. Un amigo de mi hermano fue el año pasado. Me contó que la última noche, ¡un niño murió! –encogió sus hombros–. Bueno, ¡adiós!

Tragué saliva mientras Lindy se alejaba.

Pensé en el teletransportador que estaba en el sótano,

listo para lanzar a Garry a través del universo. Quizás había lugar para mí.

—¡Ese campamento suena fantástico! –vociferó Garry–. Realmente no entiendo por qué te quejas tanto.

CAPÍTULO 36

–Ven, gatito, gatito, gatito… ¡Tengo golosinas para ti, Gordinflón!

Estas "golosinas para gato" eran abominables, pero habían sido creadas para satisfacer la débil complexión física de los felinos terrestres.

Y Gordinflón las engulló todas, una tras otra, como una cámara de vacío de partículas fotobarástica. Siguió el camino a través de la calle hacia la casa, y bajó las escaleras en dirección al teletransportador.

Fue muy sencillo.

Mientras Gordinflón se sentaba, masticando su última golosina con una expresión sosa en el rostro, presioné el botón, cerré los ojos para cubrirme del resplandor verde y… ¡**PAF**!

¡Gordinflón desapareció!

Me acerqué al comunicador:

–¡Felusa-Fyr! ¡Cambio, Felusa-Fyr!

–¡Saludos, comandante! –el rostro de mi leal secuaz apareció en la pantalla.

–¿Recibiste el paquete?

–¿El qué? –preguntó. Y luego, detrás de él, noté el resplandor verde–. ¡Acaba de llegar! –me confirmó–. ¡Prueba exitosa, oh, mi señor y comandante!

¡Rrrr!

Felusa volteó hacia Chad:

—¡Bienvenido a Arenalus, nuestro hogar ancestral, gato de la Tierra!

—MIAU —maulló Chad.

Felusa-Fyr inclinó la cabeza hacia un lado.

—Viajero espacial, ¿puedes entenderme?

—¡MIAU! —repitió Chad.

Y luego comenzó a limpiar las partes de su cuerpo que normalmente no limpiamos en público. ¡Y mucho menos con nuestras lenguas!

El rostro horrorizado de Felusa apareció en la pantalla del comunicador.

—Gran Emperador, tengo malas noticias. ¡El viaje hasta Arenalus le derritió el cerebro!

—No, todos los gatos de la Tierra son *así* —le expliqué—. Con ogros gigantes alimentándolos y dándoles refugio, no tienen necesidad de pensar o hacer algo. *Involucionaron*.

—Qué lástima —agregó Felusa-Fyr, levantando una pata frente a sus ojos para tapar el espectáculo.

–Realízale algunas pruebas –le pedí–. Asegúrate de que el teletransportador no le haya causado daños adicionales a su débil cerebro.

Felusa-Fyr se despidió y se desconectó.

Tenía que hacer los últimos preparativos antes de poder marcharme de este planeta infernal. Podía sentir el olor de la victoria. Todavía no se lo había informado a Felusa, pero esperaba tener un arma secreta de mi lado.

¡Un arma HUMANA!

CAPÍTULO 37

Miércoles.

–¡Mañana es la gran noche! –gritó Buitre Americano, mientras nos entregaba a cada uno un trozo de madera. Sobre este había una lista de los materiales que necesitaríamos para la Noche de Supervivencia.

Botella de agua

Linterna

Navaja de bolsillo

Coraje

Vendas

–Hoy tendrán día de descanso y reflexión –continuó nuestro consejero con una calma inusual–. Un día de caminata por los senderos del bosque, de recolección de comida y otras cosas útiles.

Eso no sonaba tan mal.

Pero Buitre Americano no había terminado:

–Porque mañana, los últimos glaciares se derretirán. Las aguas subirán casi cien metros. En todo el mundo, solo habrá islas –y aquí se detuvo para hacer un silencio dramático–… como este ¡volcán!

Todos suspiraron de sorpresa.

–¡Amo sus historias! –me susurró Ciprés.

–¡Pero no es solo una historia! ¡No para él! –le comenté–. ¡Mi vecina me contó que un niño murió el año pasado!

–¿Qué? ¿De verdad? –preguntó Steve.

–No puede ser cierto –agregó Ciprés.

–¿Cómo puedes estar tan segura? –le pregunté–. Todavía no sabemos de qué se trata el juego.

–¡Yo les diré de qué se trata, bebés! ¡Es como "Cazador o comida" pero un millón de veces peor! –intervino Escorpión.

–Y cuando acabe, ¡desearán no haber nacido! –añadió Salamandra.

Cobra se quedó mirándonos y pasó su dedo lentamente sobre su cuello.

Un poco más tarde, mientras recolectábamos comida y preparábamos nuestro refugio, Ciprés trató de levantarnos el ánimo.

—Recuerden, equipo, es como Buitre Americano dijo: *¡la naturaleza es nuestra amiga!*

Lo que en verdad había querido decir era que la naturaleza era poderosa y no podía importarle menos que los humanos se extinguieran, pero no me molesté en explicárselo.

En el viaje de regreso, ni siquiera hablé con mi madre. Tenía ganas de vomitar.

Un niño murió el año pasado, me había dicho Lindy.

Y luego la vi a ella. Cuando mamá tomó la curva hacia nuestra casa. Allí estaba la niña, pegando un cartel en el poste de luz.

Lindy me contó que cuando llegó a su casa, luego de la visita al parque acuático, su gato no estaba. Al parecer, una de las ventanas había quedado abierta.

—¡Chad no sobrevivirá afuera! —exclamó llorando—. ¡Nunca ha estado en la calle! ¡Y está CASTRADO!

–Sé lo que se siente –le comenté–. Quiero decir, lo de no saber sobrevivir en el exterior.

Y *realmente* lo sentía.

Sabía que no iba a poder sobrevivir; no durante una noche entera, y más aún con los Sangre Fría dispuestos a atraparme.

Intenté hablarle a Garry sobre esto, pero lo único que le importaba era su teletransportador.

–¡Funciona! ¡Funciona! –ronroneó, refregándose en el aparato–. ¡Envié un animal vivo a través del universo!

–¿Qué animal? –pregunté, vacilando–. Un momento. El gato de Lindy desapareció. No habrás enviado a…

–¿Qué *clase* de felino crees que soy? –dijo Garry ofendido–. ¡Fue un ratón!

Miré al teletransportador que había ayudado a construir.

–¿Es tan poderoso como para poder enviar algo más grande que un gato? –pregunté.

CAPÍTULO 38

Para cuando el joven ogro regresó del campamento de batalla, ya había recibido excelentes noticias: Gordinflón estaba completamente saludable, sin tener en cuenta su obesidad mórbida. Mi partida estaba lista.

Incluso las mejores noticias las trajo el joven ogro. ¡Estaba casi decidido a venir conmigo! Lo único que necesitaba era un poco más de ánimo.

—¿Y podemos salir mañana? —preguntó.

—¡Claro! —le respondí.

—¿Y me traerás de regreso a casa cuando yo quiera?

—¡Por supuesto!

Una vez que el Humano se fue a su recámara para dormir, comencé a mecer mi cola con placer.

¡Mi plan maléfico estaba funcionando a la PERFECCIÓN!

A la mañana siguiente, el joven ogro vino a buscarme al búnker subterráneo al que llamaba sótano.

–Está bien. Quiero ir contigo –dijo.

¡Qué alegría! ¡Este gigante me haría **invencible**! ¡Ya podía saborear mi victoria! Tenía que llamar al Teniente Felusa-Fyr para contarle estas grandiosas noticias.

Pero antes de poder hacer algo, el sonido infernal del portal principal retumbó a mí alrededor.

¡DING DONG!

–¡Raj! ¡Es para ti! –gritó el Humano padre.

CAPÍTULO 39

Jueves por la mañana.

Apenas había dormido por la noche. Era la decisión más importante de toda mi vida. Al llegar la mañana, había decidido que la oportunidad de viajar a otro planeta (¡uno de gatos!) era demasiado buena como para dejarla pasar.

Especialmente si eso incluía no ir a la Noche de Supervivencia.

Pero justo cuando le dije a Garry que quería ir con él, sonó el timbre.

¿Quién podría ser? ¿A las 7 de la mañana?

Fui hasta la puerta y me encontré con Ciprés y Steve en el pórtico.

—Este niño apareció en la puerta de mi casa hace una hora —me explicó Ciprés señalando a Steve.

—¡No podía dormir! —se defendió Steve—. Cada vez

que cerraba los ojos, pensaba en ¡los TSUNAMIS! ¡Y en los CANÍBALES!

–Le expliqué una y otra vez que todo eso de los desastres naturales es parte del juego, pero no me cree –comentó Ciprés.

Papá apareció por detrás con una taza de café.

–¡Grandioso que hayas hecho amigos, hijo!

¿Amigos? Quería decir: *¡Son solo los dos niños con los que me condenaron a morir!*

Excepto que ahora había encontrado una manera de no morir. Y quizás podría salvarlos a ellos también.

–¿Pueden guardar un secreto? –les susurré–. ¿Uno enorme?

Ambos asintieron.

–Vamos –les dije, y los guie hacia el sótano.

–Oye, ¿qué es ese ruido horrible? –preguntó Ciprés–. Suena como un mono al que le están arrancando los pelos de la nariz.

Era Garry, por supuesto.

Estaba en su arenero, usando su comunicador para

decirle a su más leal teniente que yo viajaría con él, a Arenalus.

—Es mi gato. *Él* es el secreto —les dije.

—¿Qué quieres decir? —preguntó ella.

—Mi gato es un **alienígena** —comencé a explicar.

—¿Eh? —musitó Steve.

Ciprés lucía muy confundida.

—Raj, ¿te encuentras bien?

Garry se asomó de su caja y nos observó a los tres mientras mecía su cola.

–Y no solo es un alienígena –continué–, sino también es un *guerrero*. Conquistó todo su planeta y ¡yo lo ayudaré a unificar a los gatos de Arenalus!

–¿Guerrero? –preguntó Ciprés.

–¿*Arenero*? –agregó Steve.

–No, no se dice de esa forma... Eh, no importa. Nos iremos hoy.

–Raj, lo que dices no tiene sentido. ¿Te encuentras bien? –insistió Ciprés tomándome por el brazo.

–Construimos un teletransportador –señalé el artefacto de metal y los cables que se encontraban en una esquina–. ¡Ustedes pueden venir y ayudarnos! ¡Y no tendrán que asistir a la Noche de Supervivencia!

Ciprés y Steve alternaron la vista entre el teletransportador y yo.

Luego, Steve se echó a reír:

–No sé qué es más gracioso. ¡La idea de viajar a través del espacio en esa pila de basura metálica o que tu gato es un alienígena!

Pero tenía manera de demostrárselos.

–Vamos, Garry –le dije–. Habla. ¡Diles quién eres en verdad!

Garry me miró y luego los miró a Ciprés y a Steve. Parpadeó y dijo una sola palabra:

–¿Miau?

CAPÍTULO 40

Luego de que los dos niños Humanos se marcharon, moviendo la cabeza de lado a lado, el otro volteó hacia mí.

—¿Por qué hiciste eso, Garry? ¡Ahora piensan que estoy loco! ¡Creí que querías que los humanos te ayudáramos a recuperar tu planeta! ¡Podrías haber tenido a otros dos!

—Raj, ¡ya sé lo que ocurrió en esta habitación! Y veo que no estás completamente solo en este lugar.

—Bueno, supongo que son una *especie* de amigos…

—¡Son más importante que tus amigos! —le dije regañándolo—. Son tus camaradas de armas. ¡Tus compañeros en batalla! ¡Y ese vínculo es mucho más fuerte que simples *compañeros de arenero*!

No parecía convencido.

—No debes acobardarte por la guerra de esta noche. Busca debajo de tu pelaje, o sea lo que sea que recubre tu horrible cuerpo, y saca a ese felino interno: ¡**el gato de batalla**! –exclamé–. Tal como les dije a mis tropas antes de la Batalla de Raskarok Post: *¡Es mejor morir en batalla diez mil veces que dar vuelta la cola y salir corriendo!* Un ejército no solo necesita ser fuerte, ¡también tiene que ser inteligente! ¡Y despiadado!

El Humano estaba realmente conmovido por mis palabras.

–Pero ¿qué hay con lo de ir a Arenalus? –preguntó.

–Es con un enorme pesar que debo decirte esto, Raj Banerjee: ¡**no puedo** llevarte conmigo! –le confesé–. Ahora entiendo que tu lucha está aquí, en la Tierra. Te necesitan para la Noche de Supervivencia y mucho más.

Ahora el Humano lucía confundido y decepcionado, sus ojos iban a comenzar a gotear de nuevo. Me hizo prometerle que no me iría antes de que el regresara… Si es que regresaba.

Le dije que lo esperaría y le deseé buena suerte.

Se detuvo en la puerta.

–Gracias –me dijo–. Me hace feliz saber que de verdad
te preocupas por mí.

Desde la ventana, lo observé subirse al vehículo de
la familia, el que lo llevaría al frente de batalla. Me preguntaba si sobreviviría.

Aunque no tenía muchas esperanzas de que lo hiciera.

Fue un alivio que se creyera todo ese palabrerío sin

sentido. Quería que se marchara para poder utilizar el teletransportador… *¡solo!*

Ha habido un repentino e inevitable cambio de planes. Mientras el joven Humano hablaba con los otros niños Humanos, llamé a Felusa-Fyr para contarle las nuevas noticias. Y él me informó que los Humanos eran demasiado grandes para usar el teletransportador.

–Si lo intentas –me había dicho Felusa-Fyr–, el Humano explotará y sus moléculas estarán dispersas a mil millones de años luz de distancia en el espacio, como partículas de polvo y sangre.

–Entonces, ¿quieres decir que vale la pena intentarlo?

–¡No! –me había respondido Felusa-Fyr–. No a menos que quieras un viaje bastante sucio.

CAPÍTULO 41

Jueves.

Desde el Tronco de las Palabras, Buitre Americano silbaba y aleteaba con más energía que nunca.

—¡Hoy es el DÍA! —chilló—. Aquí, en la cima del Monte Eclipse, el último bastión de la civilización moderna ha colapsado. Los humanos sobrevivientes se dividieron en clanes y se refugiaron en el bosque, donde lucharán entre sí por los preciados recursos que quedan.

–¿Puedo tomarte de la mano? –me susurró Steve.

–Cuando se coloquen sus orejas de ciervo –continuó el consejero, y llevó sus manos a los lados de su cabeza–, podrán oírlo... ¡El último suspiro de la humanidad!

Miré a Ciprés y noté que incluso *ella* lucía un poco nerviosa.

Luego, Buitre Americano explicó las reglas del juego.

–¡Ahora están completamente en la naturaleza! Junto a su manada, tendrán que vivir de lo que han recolectado y pasar la noche en su refugio. Pero eso no es todo –dijo con una pequeña sonrisa–. También tendrán que cazar… cazarse entre ustedes.

Steve suspiró. O quizás fui yo.

–Se escabullirán entre la arbolada oscura con sus pies de bosque –indicó el consejero bajando del Tronco de las Palabras y caminando en puntillas de pie alrededor de nosotros–. Luego se quedarán en silencio a la espera de sus rivales humanos y cuando uno aparezca,

¡atacarán! –saltó hacia mí y, antes de que me diera cuenta, había arrancado de mi cuello el amuleto con mi nombre–. ¡A quien le hayan sacado su amuleto no habrá superado la Noche de Supervivencia! Será ARRASTRADO.

Eso no sonaba bien.

Levanté mi mano.

–¿Qué quiere decir con ARRASTRADO? –pregunté–. ¿Arrastrado hacia dónde?

Buitre Americano sonrió.

–Lo descubrirás cuando ocurra, ¿no crees? –dijo y me entregó mi amuleto.

Ya veía qué era lo que estaba pensando: yo sería el primero en irme.

–El último sobreviviente le otorga la victoria a toda su manada –los ojos del consejero se posaron sobre cada uno de nosotros. Tenía una mirada *salvaje*–. Y bien. ¡Damos comienzo a la NOCHE DE SUPERVIVENCIA!

Todos nos marchamos en diferentes direcciones sobre la ladera del volcán.

Corrí detrás de Ciprés, camino a nuestro refugio. Steve venía jadeando más atrás. Una vez que estuvimos allí, a salvo, nos acomodamos y planeamos nuestra estrategia.

–Creo que simplemente deberíamos quedarnos aquí –les dije–. Tenemos toda la comida y agua que recolectamos ayer.

–¿Estás bromeando? –preguntó Ciprés–. ¡Los Sangre Fría vendrán a buscarnos! No voy quedarme aquí sentada esperando que vengan a robarnos nuestros amuletos –me entregó un manojo de bayas–. Comamos algo y larguémonos.

–¿Y luego qué?

–Hacemos lo que Buitre Americano nos dijo que hiciéramos –contestó ella–. Nos movemos en silencio por el bosque. ¡Y atacamos!

–Ok. Pero mantengámonos juntos, ¿sí? –dije.

Todavía no sabía qué hacer.

Cuando terminamos de comer, salimos del refugio y corrimos hacia la arbolada más cercana.

No habíamos avanzado mucho cuando empezamos a sentir que nos arrojaban rocas.

¡Los Sangre Fría!

–¡Oigan, no pueden arrojar PIEDRAS! ¡Va en contra de las reglas! –les gritó Ciprés.

–¿*Reglas*? –se burló Salamandra–. ¡No hay reglas en la Noche de Supervivencia!

–¡Corran, pequeñitos! –gritó Escorpión–. ¡Corran tan rápido como puedan, porque vamos por ustedes!

Y eso hicimos.

CAPÍTULO 42

Estaba lamiendo el último rectángulo amarillo que había en la enorme caja blanca cuando el ogro calvo apareció en la cocina.

–¿Cómo llegaste hasta aquí, amiguito? –preguntó, levantando mi premio del suelo.

Le di un golpe, pero como su mano estaba recubierta de varias capas de vendas por las heridas que ya le había causado, apenas lo notó.

–Ah, no te preocupes, gatito –dijo–. Tengo algo *muy especial* para ti.

No confiaba ni un poco, por lo que me resguardé debajo de la caja de fuego.

–¡Aquí tienes! –me dijo, arrojándome algo.

Aparentemente era un tipo de muñeco de color chillón. Se veía horrible, pero creo aparentaba ser un ratón.

¿Qué se creía que era? ¿Un gatito bebé? ¿Uno de esos ingenuos felinos terrestres? Un… un…

¿Qué era ese olor tan fuerte?

Parecía venir del ratón púrpura. Me acerqué y el olor era cada vez más fuerte.

Parecía que me hablaba. *¡Vamos, atrápame! ¡Vamos, muérdeme! ¡Destrózame con tus garras mortales!*

Era como si mi mente ya no me perteneciera. ¡Ah, el aroma de este muñeco con forma de ratón! ¡Este hermoso ratoncito púrpura! ¿Qué había en su interior? ¿La felicidad misma?

Lo destrocé en mil pedazos mientras lo movía de un lado a otro. ¡Ese ratón era *lo mejor* de todo este miserable planeta!

CAPÍTULO 43

Jueves por la tarde.

–Compañeros, ¿están bien? –preguntó Ciprés cuando finalmente dejamos de correr.

Los Sangre Fría nos habían estado persiguiendo por el bosque por lo que pareció ser una eternidad, pero los perdimos al ingresar al campo de ortigas. Ciprés conocía un camino seguro a través de este, por lo que logramos salir sin problemas de allí; mientras que Escorpión y los demás se quedaron atrapados en ese lugar, llorando de dolor.

Nos reencontramos junto a la cadena que bloqueaba el sendero que llegaba a la cima. Nunca pensarían que fuimos a un camino sin salida a propósito.

Al menos, eso esperaba.

–Tengo hambre –respondió Steve.

–Yo estoy exhausto –dije–. Creo que deberíamos

quedarnos aquí. Dejemos que los demás se arranquen sus amuletos entre sí.

—Vamos, ¿de verdad quieren rendirse con tanta facilidad? —preguntó Ciprés.

Con Steve levantamos nuestros hombros. Yo estaba bien con esa decisión.

Luego, sin aviso alguno, ella empezó a llorar.

—¿Qué ocurre? —le pregunté.

¡Ciprés era la más valiente! ¡La ninja de la naturaleza! Si se desmoronaba, ¿qué quedaba para el resto del equipo?

—¡No quiero perder! —exclamó—. ¡Estoy cansada de Escorpión y sus estúpidos secuaces! ¡Son muy malos!

—Olvídate de los Sangre Fría —le dije—. A partir de mañana, no los tendremos que ver nunca más.

—¡Pero todos vamos a la misma escuela! —agregó ella—. ¡Hay *una* sola primaria en este lugar!

Me quedé boquiabierto. Nunca había pensado en eso. En Brooklyn, nadie iba a la misma escuela. ¡Había cientos de ellas!

–No quiero que nos llamen fracaso del bosque por los pasillos –continuó Ciprés–. ¡Quiero ganar el juego!

Recordé lo que Garry me había dicho esa mañana: *Un ejército no solo necesita ser fuerte, ¡también tiene que ser inteligente! ¡Y despiadado!*

No estaba interesado en ser cruel. Pero tenía esperanza de poder arreglármelas con lo de ser inteligente.

–No somos tan grande o malos como los Sangre Frías –le dije–, pero podemos golpearlos donde les duele.

–¿Cómo? –preguntó Ciprés.

–Robando su comida.

Steve se llevó las manos a la barriga.

–Me gusta cómo suena.

Armamos nuestro plan: mientras los Sangre Fría perseguían a los otros equipos para roblarles sus amuletos, nosotros saquearíamos su refugio. ¡Nunca lo esperarían!

El único problema fue que cuando llegamos al refugio de los Sangre Fría, lo encontramos completamente vacío. Abandonado.

—¿Qué hacemos ahora? —se quejó Steve.

—Obviamente construyeron otro nuevo en algún lugar secreto. Tenemos que encontrarlo —dijo Ciprés—. Steve, tú ve al oeste. Raj y yo nos encargaremos de buscar por el este sobre la cresta de la montaña.

Todavía era de día pero, con el cielo nublado y el bosque oscuro, parecía de noche.

Estábamos siguiendo el rastro de un ciervo, cuando oímos una rama quebrarse.

Ciprés de inmediato dio media vuelta y le arrancó el amuleto a uno de los niños que intentaba emboscarnos.

—¡Buen intento, Nutria! —exclamó—. Estoy segura de que el resto del equipo del Pantano te extrañará.

El niño no tuvo ni tiempo de lamentarse, porque Buitre Americano apareció de la nada y se lo llevó, llorando.

—¿A dónde lo está *arrastrando*? —le susurré a Ciprés.

—No lo sé. Y no quiero saberlo tampoco. ¡Vamos! Sigue moviéndote.

Me encogía de miedo ante cada sonido del bosque.

Y continuaba repitiéndome una y otra vez que era solo un juego… pero en realidad no se sentía como uno.

CAPÍTULO 44

Ya no estaba en la infame Tierra. Estaba siendo transportado por el espacio exterior entre inmensas nebulosas, incontables galaxias y numerosas estrellas. ¡Todas listas para arrodillarse ante mí! Ya no gobernaba un solo planeta. ¡Gobernaba el **universo** entero!

¡JA-JA-JÁ!

Hasta que me desperté de la siesta.

Todavía estaba en la cocina. La sonrisa del Humano padre se cernía entre los trozos destrozados del ratón púrpura.

—¿Te gustó, amiguito? —me preguntó—. ¿Quieres otro?

¿Si quería? ¡Claro que sí!

—¡Miau! —dije.

¡Oh no!

¿Qué fue de mí? ¡Lo había dicho! ¡La palabra de los gatos terrícolas!

Los muñecos de ratones: así era como los Humanos

controlaban a los felinos. ¡*Así* fue como convirtieron a los gatos terrícolas en dóciles mascotas! ¡**Malditos**!

Pero yo no sucumbiría ante eso. Mi voluntad era fuerte como el acero.

Me levanté, rasqué al Humano padre en su pierna y bajé las escaleras.

Era hora de abandonar este horroroso planeta.

CAPÍTULO 45

Jueves por la noche.

–¿Ya llegamos? –susurré.

Estuvimos rodeando la cima del Monte Eclipse durante una eternidad, mientras intentábamos sin éxito encontrar el nuevo refugio de los Sangre Fría.

–Son más inteligentes de lo que pensé –dijo Ciprés.

Comenzó a llover y, en algún lugar en la distancia, los coyotes comenzaron a aullar.

Mi plan era un completo desastre.

Ciprés se secaba las gotas de lluvia de su rostro.

–Está bien, Rata. Lo lograremos.

–¡Está comenzando a oscurecer! ¿Cómo vamos a hallar el refugio? ¿Cómo vamos a encontrar a Steve?

–¡Silencio! –exclamó.

–Pero…

Se llevó un dedo a sus labios.

Y fue allí cuando lo oí: una rama rompiéndose.

Algo se estaba acercando en nuestra dirección.

No quiero que me arrastren.

No quiero que me arrastren.

No quiero que me arrastren.

Mi corazón comenzó a latir con tanta fuerza, que creí que iba a salirse de mi pecho.

El chasquido se hizo más fuerte y, luego hubo un inmenso ruido, como si algo enorme se acercara a toda prisa hacia nosotros en plena oscuridad.

Grité del miedo. Pero luego Ciprés también gritó:

−¡STEVE!

Llevaba una canasta entretejida llena de hojas y comida.

−Espárragos y frambuesas salvajes −dijo−. ¡La comida de los Sangre Fría!

−¡Steve, eres un genio! −exclamó Ciprés, mientras nos llenábamos la boca con las frutas.

−Nadie me dijo eso antes −confesó él, sonriendo.

Luego oímos una risa.

Una risa *cruel*.

Seguida de una voz:

–¿*En verdad* pensaban que dejaríamos nuestro refugio sin protección?

No podía verlo, pero era Escorpión.

–¿Creyeron que los dejaríamos pasar y comerse toda nuestra comida? –dijo, y soltó otra carcajada–. ¡Ni en sueños, bebés!

Oímos a Salamandra y a Cobra reírse disimuladamente. El sonido parecía venir de todos lados y de ninguno a la vez. ¿Dónde estaban? ¿Estábamos rodeados?

Nos refugiamos detrás de un helecho.

–Ya nos deshicimos del equipo del Fuego –anunció Cobra.

–¡Y acabamos con el equipo del Pantano también! –añadió Salamandra.

–¿Están listos para ser *arrastrados*? –gritó Escorpión.

Los ojos de Ciprés se tornaron salvajes.

–Se están acercando –susurró–. Tenemos que dispersarnos y… sálvese quien pueda. Solo uno de nosotros tiene que sobrevivir, ¿recuerdan? –se agachó, tomó un poco de lodo del camino y se lo untó por todo el rostro–. *¡Camuflaje!*

Y luego, como una sombra, desapareció.

–Supongo que solo somos tú y yo, Rata –dijo Steve.

–Eso parece una ma…

De repente, todo el bosque estalló de furia.

Tres sombras se lanzaron sobre nosotros. Caí al suelo justo cuando Salamandra pasó volando sobre mi cabeza y aterrizó sobre un arbusto de moras. Uno con muchas espinas.

–**¡Ay! ¡Ay! ¡Ay!** –gritó.

¡Uf! Debió haber dolido.

Cobra y Steve se tomaron como una pareja de lucha-
dores profesionales. Pero con un movimiento rápido
de su mano, Steve logró arrancar el amuleto de
su contrincante.

—¡Victoria! —gritó Steve, exhibiéndolo
en su mano.

Pero luego, Escorpión apareció de la nada y tomó el amuleto de Steve.

En cualquier momento, Buitre Americano aparecería y se llevaría a mi compañero de manada.

—¡Ja! ¡Tú eres el siguiente, Rata! —gritó Escorpión—. ¡Prepárate para ser ARRASTRADO!

Y embistió contra mí, pero me arrojé hacia un arbusto. Cuando salí por el otro lado, el suelo húmedo cedió y comencé a deslizarme con la cabeza hacia abajo por la ladera del Monte Eclipse.

CAPÍTULO 46

En uno de los rincones del búnker subterráneo del ogro, mi teletransportador aguardaba para cumplir su última misión: llevarme de regreso a Arenalus.

Lo inspeccioné una última vez. Todo estaba en orden. La luz verde del reactor de fusión parpadeaba con firmeza.

Era hora de partir.

Pero luego –¡*Ggsss!*– oí pasos y la ogra de pelaje largo ingresó al búnker con una caja entre sus garras.

La miré.

Me miró.

–Alguien necesita encargarse de ordenar todo esto si vamos a vivir en este lugar –dijo la Humana madre.

Continuó subiendo y bajando las escaleras para traer más cajas. Y comenzó a marcarlas con esos garabatos horribles que usan los Humanos para escribir su idioma primitivo.

¡La tarea era interminable y tenía que irme! Tendría que hacer un trato con ella al igual que lo había hecho con el ogro padre.

Me sujeté de su pierna que, de algún modo, era menos horrible. Y justo cuando estaba por rasguñársela, volteó hacia mí, furiosa.

–Si lo intentas, te arrancaré toda la piel y la usaré para hacerme un sombrero.

Por fin, un Humano al que podía respetar.

Me bajé.

Tuve que esperar a que regresara arriba y se quedara allí. Me tomó dos siestas, pero finalmente se marchó.

¡El momento había llegado!

CAPÍTULO 47

Jueves por la noche.

No sabría decir por cuánto tiempo estuve cayendo por la ladera, o cuánto tiempo le tomó a mi cabeza dejar de girar una vez que llegué a la base.

Me senté. Estaba bastante lastimado, pero me sentía bien; no tenía idea dónde estaba. Me coloqué mis orejas de ciervo.

Y no pude oír nada.

¿Qué iba a hacer ahora?

Me quedé allí por un momento, creyendo que estaba a salvo.

Aunque debería haberlo pensado mejor.

–Solo somos tú y yo, Rata. ¡Los únicos que quedamos! –era Salamandra, que me hablaba desde algún lugar en lo alto de la colina–. ¿Quién habría dicho que sobrevivirías tanto?

—Esa niña de tu manada dio pelea, pero ya está con los demás —gritó Escorpión—. ¡Ahora es tu turno, roedor!

Sus voces se sentían cada vez más fuerte. ¡Se estaban acercando!

Sin saber hacia dónde ir, comencé a correr.

¿*Por qué* no podía estar viajando a través del universo con Garry? ¡Esta era la noche más espantosa de toda mi vida!

—Ah, pequeña Raaaaaataaa —dijo Escorpión—. Estamos justo por detrás.

Corrí más rápido. Cuando el sendero se dividió, fui hacia la izquierda y pronto el camino se ensanchó. De repente, ya no estaba en el bosque, sino en un claro. A lo lejos vi una tenue luz amarilla.

Era la entrada a la Cabaña de Bienvenida.

¡Quizás estaba a salvo después de todo!

Corrí con todas mis fuerzas, y me acerqué a ella. Las burlas de Escorpión comenzaron a desvanecerse detrás de mí.

Una vez en la puerta, me detuve.

No solo era la Cabaña de Bienvenida, sino también el lugar en donde estaba la Caja Prohibida. Y podía ver mi teléfono, justo encima de todo.

Parecía estar llamándome.

Abrí la ventana y entré con cuidado. Tomé el teléfono (¡Ah! ¡Se sentía tan bien en mis manos!) y marqué el número de PAPÁ.

–¿Raj? –dijo.

–Hola, papá. Mira, está en contra de las reglas llamarte, pero *realmente* le quiero dar las buenas noches a Garry. ¿Puedes buscarlo, poner el teléfono en altavoz y dejarlo frente a él? ¿Y marcharte?

–*Ooookeeey* –dijo. Seguramente pensó que me había vuelto loco, pero lo haría de todas formas.

Razón por la cual no llamé a MAMÁ.

Lo oí bajar las escaleras, colocar el teléfono en el suelo y cerrar la puerta del sótano una vez que se alejó.

–¿Qué es esto? –preguntó Garry. Sonaba impaciente.

Estaba a punto de explicarle toda la situación, ¡pero la puerta de la Cabaña se abrió!

Hablé tan rápido como pude:

—¡Si EN VERDAD eres un felino guerrero, ven a ayudarme! ¡AHORA!

Luego encendí la linterna de mi teléfono. El haz de luz iluminó al intruso que se acercaba.

¡Buitre Americano!

CAPÍTULO 48

Ya había ingresado al teletransportador cuando, de pronto, el Humano padre regresó.

¡Ggsss!

Colocó su comunicador primitivo frente a mí y se marchó.

Era una llamada del pequeño ogro. La batalla había salido mal.

Pequeña sorpresa. ¡De seguro no extrañaré las quejas de este Humano cuando esté rasurando las colas de mis enemigos!

Estaba a punto de colgar cuando algo muy interesante ocurrió.

Hubo un grito –oí la palabra *ayuda* varias veces– y el sonido de una riña. El fragor de un combate.

Y luego la comunicación murió.

¿Acaso mi Humano perdió la batalla? ¿Fue capturado por sus enemigos?

De pronto *esto* me empezó a interesar.

El joven Humano me había rogado que montara una operación de rescate y ¡que nunca se diga que el Gran Emperador de todos los Gatos se acobardaba ante un desafío!

Lo iría a salvar.

Solo había un modo de llegar rápido: el vehículo blindado de la familia.

Por suerte, este operaba con solo oprimir un botón. (¿Por qué los Humanos no podían hacer esto con todo lo demás?). Al presionarlo con mi pata, arrancó el motor; con mi otra pata lo coloqué en modo de conducción y ajusté la velocidad.

El freno estaba fuera del alcance de mis patas traseras, pero ¿quién quería frenos? ¡Todo lo que necesitaba era *velocidad*!

Encontrar al joven Humano tampoco sería un problema. Le había colocado un chip mientras dormía, y el rastreador de mi comunicador me mostraba su posición exacta.

Incluso la velocidad de (¿cuál era ahora?) 170 km/h por la autopista principal me hizo ronronear.

Iba camino a la batalla otra vez.

¡Me sentía **VIVO**!

CAPÍTULO 49

Jueves por la noche.

El consejero estaba completamente transformado y daba miedo. Tenía su rostro y barba recubiertos con musgo. Sus pies estaban descalzos y llenos de lodo, y en su sucia mano llevaba un palo. Lo más extraño era que parecía estar vistiendo un arbusto como ropa. Era una gran pesadilla forestal hecha realidad.

–¡**RATA**! –me gritó–. Sabía que el aroma a civilización era fuerte en ti, pero nunca creí que llegaras a esto.

Me quedé congelado de terror. Mi teléfono cayó al suelo.

–Pero los Sangre Fría nos estaban arrojando piedras y… –comencé a explicar.

–¡No me importan las *piedras*! –me interrumpió él, avanzando otro paso hacia mí–. ¡Las piedras son parte de la naturaleza! ¡Pero *tú* has utilizado algo que no pertenece a ella! ¡Tecnología! ¡¿Cómo te atreves a arruinar este hermoso juego con esa atrocidad?!

Meció su palo frente a mí. ¿Acaso iba a golpearme?

No me quedaría a averiguarlo. Me subí al escritorio, salté por la ventana y ¡**corrí**!

La lluvia finalmente se había detenido, pero el camino estaba demasiado enlodado, y no dejaba de resbalarme y caerme una y otra vez.

Corrí por la ladera del volcán con Buitre Americano pisándome los talones… ¡se acercaba! ¿Cómo podía ir tan rápido con todas esas ramas colgando sobre él?

Solo me quedaba una salida: ir hacia ¡**ARRIBA!**

Luego de ganar varios metros de ventaja, comencé a trepar el tronco de un roble gigante. Subí tan alto como pude, hasta que oí el grito agudo de Salamandra.

—¡Está allí arriba! ¡Atrapado como la rata que es! —vociferó.

Tenía razón. ¡Estaba *atrapado*!

Aun así, volví a intentarlo. No iba a facilitarles la tarea. Cuando ya me aproximaba a las ramas de la copa, vi una luz blanca en la distancia.

¿Era un rayo? ¿O, por favor, un helicóptero de rescate?

—¡Ríndete! —gritó Buitre Americano, cuando halló mi roble. Y ahora *él* comenzaba a treparlo.

La risa cruel de Escorpión resonó por todas partes.

—¡La rata está a punto de ser exterminada!

Presioné los dientes y seguí subiendo. Esperaba que las ramas aguantaran mi peso.

De pronto, noté un movimiento en otro árbol más alto, ¡cerca de donde yo estaba!

Entrecerré los ojos para ver mejor en la oscuridad. Algo se estaba aproximando. Saltaba de rama en rama y emitía un sonido gutural. ¿Había monos en Oregón? ¿O lobos que sabían trepar árboles?

En un segundo, llego a mi árbol. ¡Estaba justo encima de mi cabeza!

Estaba atrapado: ¡el consejero desquiciado por debajo y, arriba, una especie de bestia trepadora de árboles!

Supe que era el final.

–¡Ya casi te tengo, Rata! –exclamó Buitre Americano.

Entonces, la criatura que estaba encima saltó sobre mí. Grité y me agaché para esquivarla. Y esta pasó a mi lado…

Maullando.

¡Garry!

CAPÍTULO 50

Nunca había visto algo igual: mi Humano estaba siendo perseguido por un monstruo, que parecía ser mitad ogro y mitad *planta*, y este obviamente planeaba devorárselo… o algo peor.

¡Qué lástima que no pude llevarme a ESTE por el teletransportador!

Pero no tenía tiempo que perder si quería salvar a mi Humano. Rápidamente escalé el árbol más cercano y salté de rama en rama hasta colocarme justo sobre él y la bestia-planta chillona.

Me detuve, calculé y me lancé por el aire.

¡Ah, la felicidad de estar volando! ¡La sensación del viento sobre mi pelaje! ¡La gloria de la batalla alimentando mi fiero corazón!

Mi puntería fue excelente y logré dar un golpe directo en la cabeza del monstruo. Mis garras pronto se hicieron cargo de su rostro.

¡Por dios, estos terrícolas se lastiman tan fácilmente!

—¡AHHH! —gritó el monstruo y cayó del árbol.

Y tuvo suerte: sus tupidas ramas le amortiguaron la caída. ¡Sin embargo, ellas no lo protegerían de mis furiosas garras!

Salté hacia él y lo ataqué en el suelo. No mostré piedad, pero su fuerza era la de diez mil gatos. Me tomó del cuello y logró separarme de él. Luego, me sujetó con su horrible garra de hojas.

Grité furioso, arrojándole zarpazos con todas mis patas, pero solo conseguí golpearle al aire.

Si este era mi final, al menos tenía que luchar como ningún otro felino lo hizo antes.

—¡UN GATO! —gritó la criatura—. ¡Contemplen, campistas, esta criatura vil y destructiva! ¡El asesino de las aves! ¡El asesino de las ardillas! ¡El gran depredador traicionero!

Ya lo sé… *sonaban* como cumplidos, pero me ofendió el tono en que lo dijo.

El monstruo me miró directo a los ojos.

—La destrucción que tú y los de tu especie han estado ocasionando ya fue demasiado –gritó–. No existirá ningún gato en el apocalipsis… excepto como *cena*. Entonces, ¿quién tiene hambre?

–¡Oiga, no puede hacer eso! –gritó mi Humano desde arriba–. ¡Es *mi* gato!

–¡Debería haberlo sospechado! ¡Bueno, ya NO es tu gato! –exclamó el monstruo planta, y me sacudió de patas a orejas–. ¡El que se fue a Sevilla perdió *a su mascotita*!

Y ahí fue cuando le hablé en su propia lengua barbárica.

–¡Inténtalo, Humano planta! –grité.

Y el monstruo horrible abrió su enorme boca con sorpresa.

CAPÍTULO 51

Jueves por la noche.

¡No podía creerlo! ¡Garry había venido a salvarme!
¿Cómo me encontró?

Desde arriba, lo vi atacar a Buitre Americano. Pero
luego, el consejero se las arregló para sujetarlo y contro-
larlo. ¡Y ahora amenazaba con comérselo!

Tuve que tragarme el miedo.

Y fue entonces cuando descubrí a mi guerrero gato
interior:

–¡Puedes hacer lo que quieras conmigo, lunático! ¡Pero **no** con mi **GATO**! –protesté y me lancé desde el árbol.

No tuve mejor idea que arrojarme sobre el consejero.

Y así lo hice.

Dolió. Para ambos.

Buitre Americano liberó a Garry, que saltó y se alejó
del camino.

—Corre, Garry –le grité–. ¡Corre! ¡Corre!

Él vaciló por un segundo; me di cuenta de que no quería dejarme solo.

—**¡Ve!** –insistí.

Y lo hizo.

Volteé hacia los Sangre Fría, esperando pelear contra ellos.

Pero ninguno me estaba prestando atención. En cambio, miraban a Buitre Americano, que yacía sobre el suelo, aturdido.

—¿Hablaba en serio sobre comerse al gato de Raj? –le preguntó Escorpión–. Porque eso es muy *retorcido*.

—Sí, es bastante raro –asintió Salamandra.

—¿No lo oyeron hablar? ¡El animal me *habló*! –gritó el consejero.

—¿Se refiere al maullido? –preguntó Escorpión.

La mirada de Buitre Americano se tornó salvaje.

—¡No, no! Habló en *español*. ¿No lo entendieron? ¡Los gatos están **evolucionando**!

Escorpión miró a Salamandra y luego a mí.

–El juego está terminado, muchachos –dijo–. Buitre Americano perdió la cordura. Regresemos a la tienda.

Se quitaron sus amuletos y los arrojaron al suelo.

–¿*Tienda?* –pregunté–. ¿Qué tienda?

–La tienda donde están todos los demás –me explicó Escorpión–. ¿Qué creíste que pasaba cuando arrastraban a alguien?

En verdad, no quería decirlo.

Lejos en la distancia, vi el destello de luz blanca nuevamente, seguido de un resplandor rojo y el sonido de una canción desvaneciéndose en la noche.

We're not gonna take it!

NO! We ain't gonna take it!

CAPÍTULO 52

¡Ah, qué alegría me generaba ver a mi Humano atacar a su enemigo! Se balanceó por el aire como un verdadero comando felino.

Si bien no sentía que tuviera chances contra el ogro planta, su valiente accionar me dio la oportunidad de retirarme. A veces un buen líder debe saber cuándo dejar atrás a sus tropas. Tal como dice el dicho: *Soldados hay muchos, pero líder hay uno solo.*

Mientras subía al vehículo motorizado otra vez pensé que, después de todo, extrañaría a mi joven ogro.

En el panel de control finalmente hallé un botón para el modo avión.

Pero no era para eso. En lugar de levitar, el vehículo se llenó de un horrible sonido que los Humanos llaman música.

We're not gonna take it ANYMOOOOORE!

Mmm. Era un poco pegadiza.

CAPÍTULO 53

Jueves por la noche.

Allí estaban el equipo del Pantano, el equipo del Fuego, Cobra, Steve y Ciprés comiendo hamburguesas en una tienda grande y acogedora.

Ciprés se acercó corriendo hacia mí.

—¡Rata, eres el único que tiene el amuleto con el nombre! ¡*Ganaste*!

—¡Una Banerjee siempre termina lo que ella empieza! —dije.

—¿*Ella*? —preguntó Steve.

—¡*Él*! —le contesté—. Lo que él empieza.

—Rata no ganó —se entrometió Escorpión—. ¡Simplemente dejamos de jugar!

—¿Qué? Si ustedes abandonan el juego, *nosotros* ganamos —le contestó Ciprés y giró hacia donde estaba el consejero—. ¿No es cierto, Buitre Americano?

Pero este no parecía estar escuchándola. Todavía estaba balbuceando sobre gatos parlanchines y cómo iban a apoderarse del mundo.

–Se los confirmo –susurró–: ¡el apocalipsis está más cerca de lo que creíamos!

Nos quedamos despiertos casi toda la noche y, crease o no, me puse triste cuando fue la hora de marcharnos.

Mientras caminábamos por el arco de entrada al campamento, Steve se acercó a mí.

–Entonces, lo que dijiste sobre tu gato –susurró–, ¿era *verdad*?

–Simplemente digamos que todo lo que sucedió en el Campamento Apocalipsis se queda en el Campamento Apocalipsis –le contesté.

–Excepto nuestra amistad –agregó Ciprés–. ¿Cierto?

No pude evitar sonreír.

–Sí, excepto eso.

–Ustedes son unos perdedores –nos dijo Escorpión al pasar junto a nosotros.

Pero no nos importó.

Llegamos a la entrada principal, donde nuestros padres estaban esperándonos.

–Tienen que empezar a llamarme Lobo de ahora en más –nos dijo Steve–. ¿Cuál es tu nombre real?

–Eh, Raj –le contesté.

–¿*Raj*? –preguntó, sorprendido–. Un nombre forestal muy creativo, Rata.

–¿Qué hay de ti? –le pregunté a Ciprés–. ¿Cuál es el tuyo?

–¡No lo querrán saber! –dijo ella y se marchó hacia el automóvil de sus padres.

–¡Así que sobreviviste! –exclamó mamá, cuando subí al auto–. No estuvo tan mal, ¿verdad?

Encogí los hombros.

–No, supongo que no.

Me sentía bastante bien después de todo. Pero al girar en la esquina, vi los afiches con la imagen de Chad, que me miraba directo a los ojos.

Y dejé de sentirme bien.

Porque, muy pronto, mi gato también se iría.

CAPÍTULO 54

Tomé una siesta, bebí algo del líquido blanco y leí el periódico en el baño por última vez. Estaba listo para marcharme –*otra vez*– cuando la cosa más inesperada de todas ocurrió.

Oí la voz de mi joven Humano.

Por las ochenta y siete lunas, ¿cómo rayos sobrevivió? ¿Se las arregló para matar a sus tres enemigos? ¿Él solo?

¡Estaba tan orgulloso!

Saqué mi pata del botón para activar el teletransportador. ¡Incluso un malvado gato guerrero debe despedirse de un soldado que luchó con tanta valentía!

El joven Humano me encontró en el sótano.

Estaba todo sucio y lastimado, como un verdadero soldado.

–Desearía que no tuvieras que irte –me dijo–. Pero entiendo que *tu* lucha está en otro planeta.

–Lamento que no puedas viajar a Arenalus para

compartir mi gloriosa victoria –le contesté–. Pero te irá bien en la Tierra. ¡Quizás un día incluso la domines! ¡Serás el amigable y guerrero niño terrícola!

El joven ogro me mostró sus dientes al curvar sus labios formando esa horrible mueca que aquí llaman sonrisa. ¿Por qué hacían eso?

En cuanto a mí, le di al Humano la muestra definitiva de respeto: una Caricia de Piernas. Me refregué sobre él, dejando que mi cola se meciera, con sutileza, alrededor de su pierna.

Y de inmediato, ingresé al teletransportador.

Presioné el botón y me despedí del planeta Tierra.

¡Adiós!

CAPÍTULO 55

Viernes por la tarde.

Me quedé en el sótano hasta que oí a mis padres llegar a casa luego del partido de tenis de mamá.

—¡Ven, gatito, gatito, gatito! —oí decir a papá.

Ya no está, pensé con tristeza.

Y nunca más regresará.

—¿Raj, has visto a Garry? —me preguntó cuando subí.

—¿Ocurre algo? —preguntó mamá al ver mi rostro.

Entonces les conté la mentira que había preparado: cuando ellos no estaban, la familia que solía vivir en esta casa antes que nosotros vino a buscar a su mascota perdida, Garry.

—Algunos gatos se aferran a los lugares más que a las personas, es por eso que apareció aquí después de la mudanza —les comenté—. Al menos, eso es lo que me explicaron.

—Oh, *Raj* —dijo mamá, dándome un abrazo.

—En verdad me gustaba ese pequeño amiguito —agregó papá, y se secó una lágrima de los ojos con uno de sus dedos vendados.

Sí, a mí también.

Fui a mi habitación, me subí a la cama, me tapé hasta la cabeza y me quedé dormido.

Fue entonces cuando un destello verde me despertó.

Me senté de inmediato.

—Ese no fue ningún rayo —oí decir a mamá—. ¡Está soleado! Debemos llamar a un electricista para que mire el cableado de la casa.

Me levanté de la cama y corrí hacia abajo, y fue allí cuando oí un leve "¡MIAU!".

¡Venía del sótano!

Bajé corriendo, saltando de a tres escalones a la vez.

—¿MIAU?

El teletransportador se sacudió, se abrió la puerta y de allí salió…

Chad.

Me desplomé sobre el suelo.

El gato de Lindy caminó hacia mí, maullando con todas sus fuerzas, con una nota en su collar.

EPÍLOGO

Se sentía como los viejos tiempos. Mamá leía, papá miraba la televisión y yo estaba sentado allí, aburrido. Pero al menos esta noche estaba esperando a que Ciprés y Lobo vinieran a buscarme.

Durante las dos semanas que siguieron al Campamento Apocalipsis, pasé mucho tiempo con ellos. Me mostraron los alrededores de Elba, la cual resultó ser una ciudad asombrosa. Mis padres muy rara vez me dejaban alejarme más de unos metros en Brooklyn, pero aquí podía ir en bici adonde quisiera. Había dos heladerías, una sala de videojuegos, e incluso una buena tienda de comics; todo muy cerca como para ir pedaleando en la bici.

Solo me faltaba recuperar a mi gato.

Mamá y papá continuaban diciéndome que podía tener uno nuevo. Pero ¿cómo iba a comparar a otro gato con Garry?

Luego, de la nada, ocurrió *otra vez*: un resplandor verde.

Salté de la silla y salí corriendo a la puerta principal, y ni bien llegué hasta allí:

¡DING DONG!

Abrí la puerta.

¡Era **Garry**!

Lo levanté y comencé a besarle todo su pequeño y peludo rostro. Él bufó furioso.

—¡Bájame, ogro apestoso! ¡¿No entiendes lo que acaba de ocurrir?!

—¿Me extrañaste tanto que viniste a visitarme?

—Qué absurdo —contestó.

Me contó que luego de derrocar al General Colmyllos y reconquistar Arenalus, en un abrir y cerrar de ojos, fue traicionado OTRA VEZ.

—¡Por el *último* gato que hubiera imaginado! —exclamó Garry—. **¡Felusa-Fyr!** ¿Quién habría dicho que ese tonto lacayo tendría agallas para traicionarme? ¡Ahora lo respeto, sí! ¡Pero tendrá que sufrir mi **VENGANZA**!

–Yo solo estoy feliz de que mi gatito haya regresado –le comenté.

–¡No vuelvas a llamarme así o te vaporizaré sobre diez cuadrantes galácticos! –gritó Garry, dándome un manotazo con su pata, que me dejó un raspón en el dedo.

Dolía, pero no me importaba.

Mi malvado y guerrero gato alienígena estaba en casa.

SOBRE LOS AUTORES

John Bemelmans Marciano es ilustrador y autor bestseller del *New York Times*. Nieto del reconocido Ludwig Bemelmans, Johnny ha escrito las series infantiles *The Witches of Benevento* y *Madeleine* (*Madeline and the Old House in Paris, Madeline at the White House* y *Madeline and the Cats of Rome*). Además de *The No-Good Nine* y *Anonyponymous* (no ficción).

Emily Chenoweth es la autora de *Hello Goodbye* (2009) y la escritora fantasma de siete novelas de jóvenes adultos, dos de las cuales fueron bestsellers del *New York Times*. Desde 2012, ha trabajado con James Patterson en la escritura conjunta de varias novelas bajo el seudónimo de Emily Raymond. Recibió su Maestría en Bellas Artes de la Universidad de Columbia en 2003 y trabajó durante años como editora de reseñas en *Publishers Weekly*.

SOBRE EL ILUSTRADOR

Robb Mommaerts es ilustrador, y vive y trabaja en Wisconsin. No ha cambiado mucho desde sus años de infancia, pues le encanta dibujar monstruos, dinosaurios y robots. Desde el sótano de su casa, Robb se dedica principalmente al diseño de videojuegos, libros infantiles, personajes y cómics.

¡Tu opinión es importante!

Escríbenos un e-mail a:

miopinion@vreditoras.com

con el título de este libro en el "Asunto".

Conócenos mejor en:

www.vreditoras.com

 VREditorasMexico

 VREditoras